KB097535

윺

오
프

윤설 장편소설

OFF

Meta

차례

1   불청객   7

2   주인공   25

3   배신자   35

4   에이스   46

5   파트너   56

6   침입자   70

7   외계인   85

8   포식자   101

9   사냥감   112

10   숙주 인간   123

11   패밀리   132

12	제물	144
13	괴물	156
14	실종자	167
15	죄수	181
16	친구	194
17	이방인	208
18	협상가	221
19	희생양	233
20	갈렙	241
21	연인	252

1
불청객

"조이, 조명 꺼줘."

해준은 눈꺼풀이 무거워지자 책을 덮었다. 졸음이 몰려들고 있었다. 잠들 기회가 찾아온 것이다. 침대에 누워 조명이 꺼지기를 기다렸다. 하지만 변화가 없었다. 해준은 다시 한번 더 큰 목소리로 말했다.

"조이, 조명 꺼!"

여전히 변화가 없었다. 그제야 무언가 잘못됐음을 깨달은 해준은 자리에서 일어나 조이가 있는 식탁으로 향했다.

"조이?"

해준은 미간을 찌푸렸다. 조이의 몸체에는 'OFF'라고 표시되어 있었다.

조이는 방 안의 사물인터넷을 컨트롤하는 인공지능 스피커의 이름이다. 조이의 몸체에 오프가 표시된 것은 방 안의 인터넷 접속이 모두 불가능한 상태라는 뜻이다.

근처의 기지국이 테러를 당한 모양이었다. 요즘 들어 기지국을 해킹하여 인터넷 연결을 끊어놓는 사이버 테러가 빈번하게 일어나고 있었다. 지난달에는 강남의 기지국이 테러를 당해 한 시간이나 강남 지역 전체의 인터넷이 끊기는 혼란이 일어나기도 했다.

대체로 인터넷 접속 불가 상태는 10분 남짓한 시간 내에 해결되었다. 그러니 큰 문제는 아니었다. 다만, 불면증에 시달리는 해준으로서는 바로 잠들 수 있는 타이밍을 놓쳤다는 것이 문제였다. 해준은 한숨을 내쉬고 다시 침대로 돌아가 책을 펼쳤다.

골동품이 된 종이책을 수집하는 것은 고가의 취미였다. 경제적으로 부담이 있었지만 해준은 책을 사 모으는 일을 멈추지 않았다. 돌아가신 어머니의 영향이었다. 어머니는 종이책이 사라지는 것을 몹시 슬퍼했다. 종이로 출력된 글자들은 웹상에 떠도는 글자들보다 훨씬 가치 있고 아름답다고 말하곤 했다.

해준의 어머니는 정보국에 1급 위험인물로 분류된 반정부 성향의 인물이었다. DNA 등록을 거부한 미등록자로서

잠재적인 범죄자 취급을 받았다. 불합리한 대우와 차별에도 어머니는 신념을 굽히지 않았다. 과학기술에 대한 지나친 의존이 인간성을 소멸시키고 있으며, 세상이 잘못된 방향으로 가고 있다고 믿었다. '자유주의자', '복고주의자', '근본주의자'라는 낙인을 기꺼이 받아들였다.

어머니의 선택은 이해할 수 없을 만큼 비상식적이었다. 일부 부유층을 제외하면 결혼이 사라진 세상에서 어머니는 무의미한 결혼을 선택했다. 그뿐 아니라 로봇의 인공 자궁을 통한 출산이 보편화된 시대에 고통스러운 자연 출산을 고집했다. 해준이 태어나고 얼마 되지 않아 아버지가 떠났지만, 해준을 기관에 맡기지 않고 홀로 키웠다.

어머니는 어떤 경우에도 자유와 존엄성을 잃어서는 안 된다고 가르쳤다. 성경 속에서 가나안을 정복한 '갈렙'이라는 이름을 줄 만큼, 아들이 허위로 가득 찬 세상을 정복하는 영웅적 인물이 되기를 소원했다.

어머니의 뜻과 달리 해준은 18세 성인이 되었을 때 보통의 사람들처럼 거부하지 않고 DNA를 등록했다. 어머니에 대한 일종의 복수였다. 어머니는 해준의 애원에도 불구하고 복제 인간을 통한 장기이식을 거부하고 죽음을 택했다. 해준은 자식보다도 자신의 신념을 중요하게 여겼던 어머니를 용서할 수 없었다.

사랑했던 만큼, 어머니에게 버림받았다는 슬픔이 깊었다. 어머니의 죽음 이후 우울감에 시달리던 해준은 남들처럼 가상현실 게임에 빠져보기도 했지만, 공허감과 슬픔을 덜 수 없었다.

결국 해준을 살게 한 건 불태워 없애버리려 했던 책들이었다. 책장을 넘기는 감촉은 마치 어머니의 숨결 같았다. 어머니가 좋아하던 책들을 읽어나가기 시작하면서 사슬처럼 옭아매던 슬픔에서 조금씩 빠져나올 수 있었다. 그 후 어머니에 대한 원망과 그리움이 밀려들 때면 종이책을 사들였다. 닥치는 대로 종이책을 사다 보니 수입의 상당 부분이 책 수집에 쓰일 정도였다.

해준의 책장에 가장 많이 꽂혀 있는 책은 연애소설이었다. 사람의 감정을 이해해야 하는 직업적 이유 때문이기도 했지만, 사실 잠들기 전에 읽기에 연애소설이 안성맞춤이기 때문이었다.

15년 전 인공지능과의 가상현실 연애 플랫폼인 러브온이 등장하면서 연애는 빠르게 사멸됐다. 요즘 세대는 결혼은 물론이고 연애마저도 구시대의 유물로 취급했다. 연애 경험은 기성세대와 신세대를 가르는 기준으로 여겨졌다.

사랑의 의미가 변질된 것도 당연했다. 사랑은 성적 만족을 뜻하는 단어로만 쓰였다. 섹스 없는 사랑은 성립할 수 없는 형용 모순일 뿐이었다. 오직 수십 년 전에 유행했던 연애소설에만 무덤에 수장된 유물처럼 고리타분한 연애와 사랑이 등장했다.

신기하면서도 지루했고, 흥미로우면서도 따분했다. 연애소설은 해준에게 어떤 책보다도 좋은 수면제였다.

다시 조금씩 눈꺼풀이 내려앉았다. 해준은 고개를 돌려 시계를 확인했다. 새벽 두 시를 넘어서고 있었다. 잠들 뻔했던 시각에서 한 시간이 훌쩍 지나 있었다.

"조이, 조명 꺼줘."

조이는 여전히 반응이 없었다. 설마 아직도 오프 상태라고? 해준은 놀라서 조이를 바라보았다. 두 시간이 넘도록 인터넷이 복구되지 않은 적은 한 번도 없었다. 테러가 심각한 모양이었다. 만약 아침까지 복구되지 않는다면 세상이 마비될 것이다.

해준은 눈을 감았다. 무질서한 도로의 광경과 혼란에 빠진 사람들의 모습을 상상했다. 지나치게 질서정연한 세상보다 조금쯤 어지러운 세상이 낫지 않을까 생각하니 픽 웃음이 났다.

어디선가 들려오는 소리가 해준의 잠을 깨웠다. 힘들게 잠이 들었는데 깨고 싶지 않아 소리를 무시하려 애썼다. 하지만 소리가 점점 더 또렷하게 들려왔다.

쾅, 쾅, 쾅.

눈을 뜬 해준은 시계를 확인했다. 새벽 세 시에 가까운 시각이었다.

몸을 일으킨 해준은 현관으로 걸어갔다. 문을 두드리는 소리가 더욱 선명해졌다. 한밤중에 대체 누굴까? 머리털이 쭈뼛 섰다.

"누구세요?"

문 앞에 선 해준은 두려움을 참고 가까스로 입을 열었다.

"제발 도와주세요."

여자의 목소리였다. 온몸에 소름이 돋았다. 조이가 켜지면 누군지 쉽게 알 수 있겠지만, 현재로서는 문 너머에 있는 사람의 신분을 확인할 길이 없었다.

"저 좀 제발, 살려주세요."

절박한 목소리에도 쉽게 문을 열 수가 없었다. 문을 열면 좀비가 들이닥칠 것 같은 오싹한 기분이 들었다. 오프 상태에서는 신고도 할 수 없었다. 보안 시스템과의 연결이 모두 끊긴 탓이었다.

잠시 고민하던 해준은 가장 안전한 방법을 택하기로 했다. 외면하기로 한 것이다. 해준은 문 앞에서 뒤돌아섰다.

"제발⋯⋯."

울먹이는 목소리가 또다시 들렸다. 곧이어 고통스러운 흐느낌이 문을 뚫고 들어와 해준의 양심을 찔렀다. 해준은 이러지도 저러지도 못한 채 멈춰 섰다.

갑작스레 고통스럽게 이어지던 흐느낌이 멎었다. 심장이 덜컹 내려앉았다. 해준은 이런저런 걱정을 뒤로하고 문을 벌컥 열었다.

20대 초반 정도로 보이는 한 여자가 벽을 짚고 서 있는 모습이 보였다. 호흡이 가쁜지 헉헉거리며 온몸을 떨고 있었다.

"괜찮아요?"

깜짝 놀란 해준은 여자를 붙잡으며 물었다. 해준과 마주친 여자의 눈동자에서는 눈물이 왈칵 쏟아졌다. 당황한 해준은 어쩔 줄을 모르고 여자를 바라보았다. 그사이 호흡을 헐떡이던 여자가 바닥에 푹 쓰러졌다.

소파에 걸터앉은 여자는 해준이 내민 차를 홀짝였다. 금방이라도 죽을 것처럼 창백하던 얼굴에 생기가 돌기 시작했다. 그러나 찻잔을 쥔 손은 여전히 떨고 있었다. 여자의 젖은 눈동자를 보며 해준은 조심스럽게 물었다.

"무슨 일 있어요?"

여자는 의아하다는 듯 보며 되물었다.

"설마 모르고 계세요?"

"어떤 걸요?"

"인터넷이 끊겼어요."

"아직 복구가 안 됐나요?"

해준이 별일 아니라는 듯 되묻자 여자의 눈동자에서 갑자기 눈물이 차올랐다.

"다섯 시간이나 지났는데……."

해준은 당황스러웠다. 금방이라도 숨이 넘어갈 듯이 굴면서 새벽에 남의 집 초인종을 눌러댄 이유가 인터넷이 끊겼기 때문이라는 걸까?

"이런 적 없었잖아요. 한 번도."

황당해하는 해준의 눈빛을 읽은 듯 여자는 덧붙였다.

"그렇게까지 무서워할 일은 아니라고 생각하는데요."

해준은 다소 딱딱한 어조로 말했다. 야단을 치는 것으로 들렸는지 여자가 훌쩍이기 시작했다. 당황한 해준은 달래듯 말을 이었다.

"그쪽이 잘못됐다는 뜻은 아니에요."

"나미예요. 그쪽이 아니라."

여자는 훌쩍이면서 해준을 똑바로 바라보았다. 여자의 맑은 눈동자는 바람에 흔들리는 물결 같았다. 순간 해준은 할 말을 잃고 입을 다물었다.

나미는 자신을 트랜스 휴먼이라고 소개했다. 두뇌 속에 인터넷으로 정보를 전달받는 나노칩을 이식했다는 것이다. 그랬기에 인터넷이 끊기자 나미는 한순간에 혼자가 되었다. 완벽하게 연결되어 있던 세상이 갑자기 나미에게서 등을 돌린 것이다.

"당연히 보이던 것들이 보이지 않고, 당연히 들리던 것들이 들리지 않고, 당연히 아는 것들을 모르게 됐어요. 그게 얼마나 끔찍한지 아세요?"

나미는 금방이라도 울 것 같은 목소리로 말했다. 하지만 해준은 여전히 난감할 뿐이었다. 자신의 문제를 어떤 접점도 없는 타인에게 떠넘기는 이유를 이해할 수 없었다.

"지금 보고 있는 것이 현실이 맞는지도 모르겠어요."

나미는 눈물을 툭 떨구었다. 양팔로 떨리는 몸을 감싸 안았다. 해준은 이럴 때 대체 무슨 말을 해주어야 하는지 알수가 없었다. 나미에게 다가간 해준은 자기가 생각해도 재미없는 농담을 건넸다.

"걱정 말아요. 난 진짜 사람이에요."

형편없는 농담에 긴장이 풀렸는지 나미는 피식 웃었다.

"고마워요. 덕분에 살았어요."

해준은 나미의 어깨를 흘끗 보았다. 여전히 어깨가 떨리고 있었다. 담요를 가져와 나미의 어깨에 둘러주었다.

"인터넷이 끊겨서 온도 조절이 잘 안되나 봐요."

나미는 해준의 친절에 미소를 지으며 고개를 내저었다.

"춥진 않아요. 그냥……."

해준은 안쓰러운 시선으로 나미를 보고 있었다.

"무서워서요."

아직도 의문이 들었다. 트랜스 휴먼이라서 남들보다 큰 충격을 받았다 해도, 깊은 밤 남의 집 문을 두드릴 정도였을까. 해준의 표정에 담긴 의구심을 알아챈 나미는 다급하게 덧붙였다.

"앞이 깜깜해진다고 생각해보세요. 눈이 멀기라도 한 것처럼요."

해준은 눈이 먼 자신을 상상해보았다. 나미의 심정을 조금은 이해할 수 있을 것 같았다.

"끔찍하고, 무섭겠네요."

나미의 입가에 옅은 미소가 번졌다. 해준은 위로가 될 만한 말을 찾았다는 것을 깨닫고 안도했다.

그때 나미가 해준에게 손을 뻗었다. 해준은 의아해하며 그 손을 바라보았다.

"제 손을 좀 잡아주실래요?"

나미가 떨리는 목소리로 한 말에 해준은 귀를 의심했다.

"지금 뭐라고 했어요?"

날카로운 해준의 반문에 위축된 나미는 어깨를 웅크리며 덧붙였다.

"무서워서 그래요."

해준은 의도를 알 수 없는 나미의 요구가 혼란스러웠다. 상대가 어떤 사람인지도 모르면서 무방비로 다가오는 이유가 뭘까? 나미를 믿어도 되는지 의심이 밀려들었다. 어쩌면 자신이 트랜스 휴먼이라고 한 것도 다 꾸며낸 이야기일지도 몰랐다. 너무 쉽게 낯선 타인을 집에 들인 것은 아닌지 걱정스러웠다.

"무서워할 거 없어요. 인터넷은 곧 복구될 거예요."

해준은 자기도 모르게 딱딱한 말투로 말했다.

"죄송해요. 실례라는 거 알아요. 하지만……."

무릎을 끌어안은 나미는 그 사이로 고개를 파묻으며 말했다.

"두려워요."

나미는 비에 젖은 작은 새처럼 떨었다. 해준은 도대체 어떻게 해야 하는 것인지 판단이 서지 않았다. 타인의 손을 잡아본 것이 언제인지 까마득했다. 직접적인 관계를 맺지 않고도 편리하게 연애와 섹스를 즐길 방법은 널려 있었다.

가상현실에서 인공지능과 연애를 즐기는 플랫폼인 러브온이 대표적이었다. 러브온의 성공은 연애와 사랑에 대한 개념을 바꾸어놓았다. 굳이 사람 간의 관계가 아니더라도 인공지능과의 관계 속에서 정서적인 충만감과 성적 쾌락을 누릴 수 있다는 것이 증명된 것이다.

사람들은 더 이상 외로움과 성욕을 해소하기 위해 시간과 감정을 낭비하지 않았다. 완벽한 인공지능이 제공하는 서비스로 충분한 만족을 누릴 수 있기 때문이었다. 대리 만족을 주는 소설이나 영화 같은 매체도 러브온의 탄생과 함께 사양길로 접어들었다. 러브온의 세계에서 사람들은 저마다 완벽한 주인공이 되어 이상형인 파트너와 관계할 수 있었다.

해준의 직업은 러브온을 움직이는 인공지능의 시나리오 작가였다. 인공지능 파트너가 이용자를 만족시킬 수 있도록 수많은 시나리오를 개발했다. 그래서 러브온에서만큼은 인간의 욕망과 심리를 파악하는 일에 자신 있었다. 그러나 바로 눈앞에 있는 여자만큼은 알기가 어려웠다.

러브온의 접속자들은 신분이 분명하고, 원하는 바가 뚜렷하고, 노골적일 만큼 욕망이 투명했다. 그런데 저 여자는 신분이 불분명하고, 무엇을 원하는지 불확실하고, 욕망도 모호했다. 불청객은 위험한 존재라는 경고가 머릿속에서 울렸다. 하지만 해준은 여자를 차갑게 몰아낼 자신이 없었다. 고개를 파묻고 울고 있는 저 여자가 이상할 정도로 가

없게 느껴졌다. 어떻게 해야 할지 갈피를 잡지 못한 채 그
저 바라볼 뿐이었다.

한참 만에 고개를 든 나미는 눈이 빨갛게 충혈되어 있었
다. 그 눈동자에는 절망감이 가득했다.

"안 보여요."

해준은 놀란 눈으로 물었다.

"내가 안 보여요?"

"정보가 보이지 않아요. 왜 아직도 복구가 안 되는 거죠?"

해준은 쓴웃음을 지었다. 일순간 나미가 앞을 보지 못하
는 줄 알고 걱정한 자신이 바보스럽게 느껴졌다.

"인터넷이 연결되어 있으면 그쪽에 대한 정보가 다 보였
을 거예요."

눈물에 젖은 눈동자를 보고 있자니 미안한 마음이 들었
다. 자신의 기준으로 함부로 판단하는 것은 옳지 않았다.
눈이 먼 것처럼 깜깜한 세상에 갇힌 심정일 텐데. 그 두려
움은 감히 헤아릴 수 없을 것이다.

"구해준입니다. 그쪽이 아니라."

나미에게 다가간 해준은 악수를 청하듯 손을 내밀었다.
불쑥 다가온 호의에 주저하던 나미가 해준의 손을 맞잡았
다. 낯설고 불편한 타인의 손이었다. 하지만 해준은 그 느
낌이 어쩐지 싫지만은 않았다.

"고마워요. 도와주셔서. 이제 좀 안심이 돼요."

나미가 미소를 지었다. 어쩐지 쑥스러워서 해준은 시선을 피했다.

"따뜻해요. 인터넷이 연결되어 있으면 체온을 바로 알 수 있었을 텐데."

나미는 해준이 놓아버릴까 겁내듯 손을 꽉 붙잡았다. 해준이 당황한 듯한 표정을 짓자 나미가 떨리는 목소리로 말을 덧붙였다.

"조금만 더 도와주시면 안 될까요?"

해준은 어떻게 대답해야 할지 혼란스러웠다.

"이렇게라도 세상과 연결되어 있다는 걸 느끼고 싶어요."

제발 손을 놓지 말아 달라는 간절한 눈빛을 해준은 이기지 못했다. 결국 나미의 손을 잡은 채 옆에 앉았다. 그제야 나미는 안심한 듯 긴장을 풀었다. 반대로 해준의 긴장감은 높아졌다. 처음 본 불청객과 손을 맞잡고 있는 상황이 현실로 느껴지지 않을 만큼 어색했다.

"알아요. 지금 많이 불편한 거. 내가 의심된다는 것도요."

자신감을 잃은 듯 나미가 고개를 숙인 채 중얼거렸다. 속마음을 들킨 해준은 뜨끔한 기분이었다.

"괜찮으시면 제 이야기를 들려드려도 될까요?"

나미는 손을 놓을까 봐 여전히 불안하다는 듯 손을 더욱 꼭 붙잡으며 말했다.

"물론이죠. 저도 나미 씨에 대해 알고 싶어요."

나미가 고개를 들고 해준의 얼굴을 보았다. 해준은 두 뺨에 홍조가 오른 나미의 모습이 어린 소녀 같다고 생각했다.

"트랜스 휴먼이 되기 전에는 희망이 없었어요. 부모에게 버림받은 고아에게, 예쁘지도 똑똑하지도 않은 평범한 여자에게 세상은 친절하지 않거든요. 아르바이트를 하면서 하루하루 희망 없이 버티면서 살았어요."

과거를 회상하는 나미의 눈동자에 고통이 스몄다.

"하지만 트랜스 휴먼이 되면서 모든 게 달라졌어요. 특별한 사람이 된 거죠."

정부는 나미에게 집을 제공해주고, 월급을 주고, 주기적으로 건강을 관리해주었다. 그 대가로 나미는 자신의 두뇌 안에 흘러드는 모든 정보를 정부와 공유하였다.

나미는 특별한 사람이 되었다고 말했지만 사실상 정부의 통제 아래 놓인 존재가 된 것이나 다름없었다. 아무리 사정이 있다고 해도 감시와 통제의 늪에 스스로를 몰아넣은 나미의 선택을 해준은 이해할 수 없었다.

"그게 특별한 건가요?"

해준의 질문에 나미는 단호하게 답했다.

"물론이죠. 이전으로는 돌아가고 싶지 않아요."

역시나 해준은 이해할 수 없었다.

"왜죠?"

나미가 이내 입을 열었다.

"하찮은 존재가 되고 싶지 않아요."

말을 마치는 것과 동시에 나미의 눈동자에 고여 있던 눈물이 툭 떨어졌다. 그 순간 이상하게도 해준은 가슴에 통증을 느꼈다. 타인의 고통이 이토록 선명하게 느껴진 것은 처음이었다.

해준은 나미를 위로할 수 있는 말을 한참 골랐다. 도무지 근사한 말이 떠오르지 않아 어쩔 수 없이 가장 뻔한 위로를 건넸다.

"나미 씨는 하찮은 사람이 아니에요."

나미는 고개를 들고 이해가 가지 않는다는 듯한 표정으로 해준을 보았다.

"당신은 나를 모르잖아요."

깊게 생각하고 한 말은 아니었다. 하지만 나미의 시선에 담긴 절박함을 읽어낸 해준은 가까스로 할 말을 찾았다.

"내가 사람에 대한 감이 좋거든요. 분명 나미 씨는 괜찮은 사람이에요."

"괜찮은 사람이란 건 무슨 뜻이죠?"

해준은 나미를 위로할 수 있는 말을 찾으려 분주하게 머

리를 굴렸다. 기대감으로 출렁이는 나미의 눈동자를 바라
보며 해준은 마침내 입을 열었다.

"소중하다는 뜻이에요. 지금 이대로 충분히."

나미는 얼떨떨한 얼굴이었다. 소중하다니……. 난생처
음 들어보는 말이었다.

"소중하다……. 소중하다……."

언어를 음미하듯 중얼거렸다. 입술 위에 '소중하다'라는
말을 얹자 나미의 가슴속에 벅찬 감정이 밀려들었다. 절로
환한 미소가 지어졌다. 햇살 아래 부서지는 해변의 모래처
럼, 사막의 밤하늘을 수놓은 별처럼 반짝이는 미소였다.

나미가 미소 짓는 1초 남짓한 순간, 눈부신 반짝임이 해
준에게 마치 영원처럼 흘러갔다. 한 번도 경험해본 적 없
는, 그래서 도무지 해석할 수 없는 감정이 해준의 가슴속에
물결치며 밀려들었다. 사납게 휘몰아치는 감정에 멀미가
날 듯 어지러웠다.

해준의 굳은 얼굴을 포착한 나미가 걱정스럽게 물었다.

"어디 불편하세요?"

해준은 고개를 내저었다.

"난 괜찮아요. 나미 씨가 괜찮다면."

나미는 미소를 지으며 답했다.

"저도 괜찮아요."

나미가 가까이 다가왔다. 해준은 나미가 이상하고 위험한 여자라고 생각했다. 머리로는 분명 피해야 한다고 생각했지만, 해준의 몸은 오히려 나미에게 점점 가까워지고 있었다.

두 사람의 입술이 부딪힐 듯 가까워졌다. 나미의 눈동자가 달빛이 비치는 바다처럼 일렁였다. 나미의 눈동자뿐만이 아니었다. 해준의 정신도 어지럽게 일렁였다.

"정말이에요. 괜찮아요, 나는……."

들뜬 나미의 말은 신호탄이 되었다. 해준은 나미에게 격정적으로 입을 맞추었다. 존재조차 몰랐던 찬란한 세계의 문이 열리는 순간이었다.

2
주인공

사방을 둘러싼 책장에는 높은 곳까지 책이 빼곡히 꽂혀 있었다. 해준의 방은 그야말로 책으로 둘러싸인 요새였다.

"책이 많네요."

나미는 여유가 생긴 듯 방 안을 둘러보며 물었다.

"취미예요."

침대에 기대앉은 해준은 옆에 누운 나미를 물끄러미 바라보았다.

"돈이 많은가 봐요. 책 수집이 취미이신 걸 보니."

"그냥 책 읽는 걸 좋아해서요."

나미는 의아한 듯 해준을 올려다보았다.

"설마 저걸 읽으시는 거예요?"

소수의 사람들이 책을 수집하는 이유는 읽기 위해서가 아니라 소장하기 위해서였다. 가치가 오르기를 기다리거나, 부를 자랑하는 장식으로 삼는 것이었다. 영상과 가상현실 체험으로 정보를 습득하는 세대에게 글자는 불편하고 거추장스러운 도구일 뿐이었다. 글자를 생산하고 이용하는 것은 일부 엘리트층에 국한된 일이었다. 엘리트조차도 종이라는 낡은 도구에 글자를 쓰거나 읽지는 않았다. 나미가 놀라는 것도 무리는 아니었다.

"직업상 책을 읽는 게 도움이 돼서요."

해준은 쑥스럽다는 듯 답했다.

"어떤 일을 해요?"

"인공지능 시나리오를 작성해요."

나미의 눈빛에 호기심이 어렸다.

"어떤 인공지능이요?"

해준은 대답을 잠시 망설였다. 일부 사람들은 러브온을 '인공지능 포르노'라고 깎아내리기도 했다. 하지만 러브온은 보편화된 플랫폼이었고 폄하하는 사람들도 대개 러브온의 이용자였다. 굳이 러브온에서 일한다는 사실을 숨길 이유는 없다고 생각을 정리했다.

"러브온이요."

"신기해요."

들뜬 표정으로 말하는 나미를 보며 해준은 어색한 미소를 지었다. 신기하다고 느낀 이유를 전혀 알 수 없었다. 의문이 서린 해준의 표정을 읽고서 나미가 덧붙였다.

"이런 대화가 오랜만이란 생각이 들어서요. 보통은 묻지 않아도 알 수 있는 정보들이니까요. 그래서 말이에요, 나 궁금한 게 있는데……."

나미는 속눈썹이 길었다. 눈을 깜빡일 때마다 나비의 날갯짓처럼 찰랑거렸다. 해준은 그 속눈썹에 또다시 마음을 빼앗긴 상태였다.

"해준 씨?"

해준은 그제야 나미의 얼굴을 바로 보았다.

"직업에 대해 물었는데…… 혹시 불쾌했어요?"

"아뇨, 그럴 리가요. 잘 못 들었어요."

"인공지능 시나리오 작가를 만난 건 처음이라서요. 구체적으로 어떤 일을 하는지 궁금해요."

해준은 나미가 자신의 직업에 관심을 보이는 것이 싫지 않았다.

"인공지능의 언어중추에 자료를 축적해주는 일이에요. 사람의 심리와 욕구를 파악하고 거기에 적합한 언어를 말할 수 있도록 도와주는 수단이죠. 빅데이터로 습득할 수 없는 시뮬레이션을 제공해서 인공지능이 사람처럼 자연스럽게 말을 터득하도록 돕고 있어요."

해준의 설명에 나미는 두 눈을 반짝였다.

"인공지능이 뛰어난 게 아니라, 인공지능을 가르치는 선생님이 뛰어난 거네요."

뜻하지 않은 칭찬에 해준은 왠지 모르게 조금 신나는 기분이었다.

"언젠가 인공지능은 시나리오 없이도 인간과 관계를 맺고 소통하는 데 인간보다 더 뛰어난 능력을 발휘하게 될 거예요. 그때가 되면 난 백수가 되겠죠."

나미는 몸을 일으켜서 고양이처럼 해준에게 다가갔다. 그리고 해준의 목덜미를 어루만지며 말했다.

"걱정 말아요. 해준 씨가 백수가 되면 내가 고용할게요."

해준은 픽 웃음이 났다.

"나를 고용한다구요? 쓸모가 없을 텐데요?"

"그럴 리가요."

나미는 수줍은 미소와 함께 해준의 손을 고양이처럼 쓰다듬으며 답했다. 해준은 찌르르 전류가 타고 흐르는 감각을 느꼈다. 심장이 저릿해지는 기분이었다.

"실은 나 처음이었어요. 누군가와 몸을 이렇게 맞대어본 건."

설명할 수 없는 충만감이 해준의 가슴속에 차올랐다.

"해준 씨는요?"

까마득한 몇몇 일들이 떠올랐다. 하지만 그 어떤 경험도 결코 오늘과 같지는 않았다.

"말하지 말아요. 안 들을래요."

나미가 웃었다. 또 그 미소였다. 해준의 마음을, 해준의 세계를 온통 흔들어놓은 미소가 또다시 해준의 심장을 거칠게 두드렸다.

할 말을 잃고 바라보는 해준에게 먼저 입술을 댄 것은 나미였다. 한차례 꺼졌던 격정에 다시 불이 붙었다. 금세 두 사람의 몸은 하나로 뒤엉켰다.

블랙홀이었다.

생각도, 시간도, 존재도 그 안에서 사라졌다.

서로의 입술이 닿는 뜨거운 감각만이 유일하게 남았다.

온몸을 사로잡은 정염이 꺼지고 해준을 바라보는 나미의 눈동자는 알 수 없는 감정으로 출렁였다. 해준에게 그 눈동자는 끝없이 펼쳐진 우주 같았다. 신비롭고 아름다운 존재로 가득한 경이로운 세계였다. 해준은 그 눈동자를 넋을 잃고 오래 보았다.

해준은 낡은 책에서 보았던 사랑의 의미를 떠올렸다. 책 속의 사랑은 요즘과 달리 성적 쾌락만을 의미하지 않았다.

어떤 책에서는 상대를 욕망하고, 집착하며, 질투하는 본능으로, 다른 책에서는 평생 그리워하는 애틋함으로 표현되었다. 또 다른 책에서는 상대를 위한 헌신과 희생으로 나타나기도 했다. 종이책에서 묘사되는 사랑은 쉽게 해독할 수 없는 복잡한 암호였다.

나미의 눈동자 속에 담긴 감정을 헤아리던 해준은 문득 생각했다. 어쩌면 자신이 과거 사람들의 표현대로 사랑에 빠진 걸지도 모른다고.

"무슨 생각을 해요?"

나미의 목소리는 해준을 현실로 되돌려놓았다. 무슨 말이든 해야 한다는 것을 알았지만 쉽게 입을 열 수가 없었다. 하고 싶은, 할 수 있는 수많은 말 중에서 적합한 말이 떠오르지 않았다. 그때였다.

"사랑해요."

나미의 입술에서 나온 전혀 예상하지 못한 말이 해준의 심장을 강타했다. 발바닥 아래로 툭 떨어진 심장은 드라이아이스처럼 연기를 내뿜으며 휘발되었다. 한 번도 심장을 가진 적이 없던 사람처럼 해준은 멍해졌다.

해준은 자신이 생각하는 사랑과 나미가 말한 사랑이 같지 않다는 것을 알고 있었다. 하지만 책 속에서 보았던, 지금은 무덤 속에 사장되어버린 사랑의 온갖 의미들이 한꺼번에 쏟아지는 기분이었다.

"이렇게 만족한 적은 한 번도 없었어요."

말을 마치고서 나미는 기대에 찬 눈동자로 해준을 빤히 보았다. 해준이 답이 없자 나미는 서운한지 눈썹을 찡그리며 답을 채근했다.

"해준 씨는 어땠어요?"

해준은 책에서 채집한 사랑의 언어들을 인공지능의 언어로 치환하는 일을 해왔다. 정확한 의미도 모른 채 인공지능에게 가르쳤던 언어들이 오늘에서야 비로소 생명력을 얻은 기분이었다. 사랑한다는 말을 되돌려줄까 고민하다가 결국 다른 말을 골랐다.

"저도 좋았어요."

해준의 말에 나미는 환하게 웃었다. 두려움에 떨던 모습은 전혀 찾아볼 수 없었다. 나미의 미소는 전염성이 있었다. 해준은 자기도 모르게 같이 미소를 지었다.

"해준 씨는 특별한 사람 같아요."

나미의 말이 모호하게 들렸다.

"무슨 뜻인가요?"

"똑똑하고, 따뜻하고, 아름답다는 뜻이에요."

생각지도 못한 칭찬에 해준은 말문이 막혔다.

"해준 씨는 나와는 다른 종류의 사람이에요. 나는 트랜스 휴먼이 되고 나서야 겨우 특별해질 수 있었는데……."

해준은 나미의 콤플렉스가 무엇인지 알 것 같았다.

"전 평범해요. 나미 씨와 조금도 다르지 않아요."

"아뇨. 해준 씨는 특별해요. 마치 주인공처럼요."

해준은 사람들을 유혹하는 인공지능 시나리오를 수도 없이 쏟아낸 베테랑 작가였다. 하지만 나미야말로 재능을 타고난 작가라는 생각이 들었다. 사람의 마음을 어떻게 뒤흔드는지 본능적으로 아는 것 같았다.

"누구나 각자의 삶에서는 주인공이니까, 모두가 특별하겠네요."

해준은 벅차오르는 심장이 버거워서 의미를 축소하려 애썼다.

"자기 삶에서도 주인공이 될 수 없는 사람들이 있어요. 삶을 작품으로 만들기보다는 하기 싫은 숙제를 하듯 사는 사람이 많거든요."

해준은 자신의 삶을 돌아보았다. 그날이 그날인 지루하고 재미없는 날들이 훨씬 더 많았다.

"저도 후자에 가까운 것 같은데요."

"분명해요. 해준 씨는 특별해요."

나미는 확신에 차 있었다. 해준을 특별한 사람이라고 믿고 있었다. 그녀의 믿음이 해준의 심장을 쿵 두드렸다.

"내가 작가라면 해준 씨를 주인공으로 삼을 거예요."

그 말이 신호가 되기라도 한 듯, 수많은 감정이 사방에서 한꺼번에 밀려들기 시작했다. 여러 가지 뒤섞인 감정을 올바로 해석하기가 힘들었다. 그럼에도 해준은 생각했다. 만약 이 감정을 하나로 정의해야만 한다면 '행복'일 거라고.

창밖으로 해가 떠오르고 있었다. 조이는 여전히 오프 상태였다. 세상은 아수라장이 되었겠지만 해준과는 무관했다. 맞잡은 나미의 손길 하나면 충분했다.

인간은 이기적인 존재였다. 상대의 욕구보다는 자신의 욕구를 채우기를 원했다. 하지만 인공지능은 오직 상대의 욕구를 충족시키기 위해 이용당해도 아무 불만도 갖지 않는 무해한 존재였다. 인공지능과의 연애 플랫폼인 러브온이 사람들 간의 연애 플랫폼을 압도하게 된 이유였다.

해준은 처음으로 러브온의 세계가 틀렸다는 것을 선명하게 깨달았다. 나의 욕구를 충족시키는 것보다 상대방의 욕구를 만족시켜주는 것에서 더 큰 행복을 느낄 수 있다는 사실을 이전에는 미처 알지 못했다. 인공지능이 아무리 발달한다 해도 사람과의 관계에서 얻을 수 있는 충만감을 결코 대신할 수는 없었다. 해준은 자신의 오만을 반성하고 실패를 인정했다.

"만약 오프 상태가 계속된다면 어떨 것 같아요?"

해준이 물었다. 나미의 눈동자에는 금세 두려움이 가득 차올랐다.

"상상만 해도 끔찍해요."

해준은 나미를 안심시키듯 손을 더욱 꽉 잡았다.

"만약 그렇다고 해도 안심해요. 내가 나미 씨와 연결되어 있으니까. 나미 씨는 혼자가 아니에요."

나미의 눈동자가 흔들렸다. 알 수 없는 감정들이 요람 속 아기처럼 흔들리는 듯 보였다.

"정말 그렇다면……."

해준은 나미의 입을 가만히 보며 말이 이어지기를 기다렸다. 나미는 말을 하는 대신 해준에게 가까이 다가왔다. 곧 나미의 입술이 해준의 입술을 덮쳤다. 해준은 두 팔 가득 나미를 껴안았다. 한 번도 경험해본 적 없는 완벽한 충만감이었다.

3
배신자

　나미를 꼭 껴안은 채 해준은 창밖을 내다보았다. 37층에서 내려다본 거리는 사람들로 가득했다. 사람들이 몰려다니며 분노를 표출하는 광경을 보는 건 처음이었다. 과거 영상 속에서나 보던 거대 군중의 집합이었다.

　인터넷이 끊어져 찾아온 적막을 견디지 못하고 뛰쳐나온 이들인 듯했다. 보안 시스템이 마비된 상황에서 도로를 점령한 성난 군중을 막을 방법은 없어 보였다.

　"괜찮을까요?"

　나미는 두려움을 느낀 듯 어깨를 웅크렸다. 해준은 목덜미에 입을 맞추며 말했다.

　"상관없어요."

불안을 떨치지 못한 나미가 뒤돌아서 놀란 표정으로 해준을 보았다.

"어떻게 상관이 없어요? 지금 재난 상황이에요."

흥분한 나미를 해준은 따뜻한 시선으로 감싸 안았다.

"처음이에요, 나도."

나미는 여전히 이해가 가지 않는다는 듯 해준을 보았다.

"혼자가 아니라고 느낀 건."

용기를 낸 고백이었다. 해준은 한껏 빨라진 심장 박동을 느끼며 나미의 답변을 기다렸다.

"해준 씨의 비밀을 알고 싶어요."

전혀 생각지 못한 말이었다. 비밀이라는 단어가 몹시 낯설게 들렸다. 해준은 한 번도 타인과 비밀을 공유해본 적이 없다는 사실을 깨달았다.

"비밀이요?"

"사소한 거라도 상관없어요. 아무도 모르는 해준 씨의 비밀을 알고 싶어요."

해준은 의도를 알 수 없는 나미의 말에 무슨 말을 해야 할지 난감했다.

"내가 알 수 없는 정보였으면 좋겠어요. 그러면 우리가 특별한 사이가 된 기분이 들 것 같아요."

특별한 사이라는 말이 해준의 귓가에 달콤하게 내려앉았

다. 금세 해준은 들뜬 기분이 되었다.

"어려운 부탁인가요?"

나미가 눈동자를 이리저리 굴리며 해준의 눈치를 살폈다. 그 모습이 한없이 사랑스러워 보였다. 해준은 다정한 미소를 지으며 고개를 저었다.

"생각 중이에요. 나미 씨가 알 수 없는 정보가 어떤 게 있을지."

"어딘가에 기록된 정보는 다 알 수 있어요. 아무도 모르는 정보여야 해요."

선명하게 떠오르는 기억이 있었다. 끈기 있게 기다리는 나미의 시선을 의식하며 한참 만에 해준은 입을 뗐다.

"원래 제 이름은 갈렙이었어요."

"갈렙이요?"

"성경에 나오는 인물이에요. 어머니가 신앙인이셨거든요. 가나안을 정복한 갈렙처럼 세상과 맞설 용사가 되길 바라셨죠. 아버지가 반대해서 정식 이름으로 등록하지는 못했지만요."

어머니는 해준이 용감하게 살아가기를 바랐지만, 해준은 타고난 겁쟁이였다. 세상에 맞설 용기 따위는 없었고, 대세를 따라 안전하게 살면 그뿐이었다. 해준에게 갈렙은 의도적으로 잊어버린 이름이나 다름없었다.

"이제 세상에서 그 이름을 아는 사람은 나미 씨뿐이네요. 어머니는 돌아가셨거든요."

"어머니는 어떤 분이셨어요?"

해준은 어머니에 대한 양가적 감정에 시달렸다. 지독하게 그리웠고, 지독하게 원망스러웠다. 최고의 어머니였지만, 자식보다 신념을 선택했던 독한 여자였다. 자그마한 체구의 여자가 어떻게 세상과 맞서는 강한 신념을 품을 수 있었는지 항상 의문이었다.

"제가 쓸데없이 질문이 많았죠?"

해준이 답이 없자 무안해진 나미는 고개를 숙이며 말했다. 그런 나미를 물끄러미 내려보는 해준의 얼굴에는 미소가 번졌다.

"고전적인 분이셨어요. 아버지와 헤어지고도 모든 걸 다 바쳐서 절 키우셨거든요. 하지만 너무 쉽게 떠나셨죠."

어머니에 대한 기억이 고통으로 변질된 것은 지나치게 아팠던 작별 때문이었다. 지금도 그 순간을 떠올리면 해준은 가슴이 시렸다.

"어머니의 죽음은 내게 배신이었어요."

"왜 그렇게 생각해요?"

나미의 목소리에는 안타까움이 묻어 있었다.

"암으로 돌아가셨거든요."

"암은 극복됐잖아요. 복제 장기를 이식하면 될 텐데."

"거부하셨어요. 생명을 경시하는 과학기술에 반대하셨거든요. 신념을 지키려고 자식을 버린 셈이죠."

나미의 눈동자는 연민으로 물들어갔다. 곧 가만히 손을 뻗어 해준의 손을 잡았다.

해준은 왈칵 눈물이 날 것 같았지만 가까스로 참았다. 어머니의 죽음을 견디는 동안에도 한 번도 받지 못했던 위로였다. 더 이상 혼자가 아니라는 느낌은 처음이었다.

∞

조이가 깨어났다. 스무 시간 만이었다.

조이의 'OFF'가 'ON'으로 바뀌면서 벽면 가득 속보가 떴다. 기지국 문제로 인터넷과 통신이 끊겼으나 복구를 완료했다는 뉴스였다. 보안 시스템도 곧 복구되니 일상으로 복귀하라는 경고도 함께 담겨 있었다.

건물의 창문마다 일제히 뉴스가 떴다. 그것을 본 군중들은 썰물처럼 흩어졌다. 해준은 그 광경을 복잡한 기분으로 지켜보았다. 보안 시스템이 작동하게 되면 두 번 다시 볼 수 없는 모습이었다. 사람들이 모여 정부에 불만을 표출하는 일은 이제 일어나지 않을 것이다.

등 뒤에서 갑작스러운 흐느낌이 들려왔다. 놀란 해준은 뒤를 돌았다. 주저앉아 울고 있는 나미가 보였다. 해준은 급히 다가가 나미의 어깨를 어루만졌다.

"괜찮아요?"

나미는 고개를 들어 해준을 올려다보았다. 눈물이 후두두둑 흘러내렸다.

"드디어 돌아왔어요."

환희에 젖은 나미의 눈동자가 미세한 진동으로 끊임없이 움직였다. 가뭄에 시들어가던 식물이 비가 내리자 힘껏 뿌리를 움직여 물을 흡수하듯 나미는 무서운 속도로 정보를 빨아들이고 있었다. 그런 나미가 해준의 눈에는 낯선 사람처럼 보였다.

"정말 괜찮은 거예요?"

나미는 아무 말도 없었다. 해준은 나미가 걱정스러웠다. 당혹감에 휩싸인 해준은 다급하게 조이를 불렀다.

"조이! 나미 씨 상태가 어떤지 확인해줘."

해준은 고개를 들어 조이를 보았다. 분명 'ON'이라고 표시되어 있는데 어째서 답이 없는 거지? 덜컥 심장이 내려앉았다.

"조이! 왜 답이 없어?"

그때였다. 나미의 목소리가 들린 건.

― 난 괜찮아요.

해준은 뒤돌아 나미를 보았다.

― 이제 다시 정상이 됐어요.

해준은 얼어붙었다. 나미의 입술이 전혀 움직이지 않았다. 그런데 어떻게⋯⋯.

― 조이의 정보를 흡수했어요.

여전히 나미는 입을 다문 채였다. 얼떨떨해진 해준은 다시 뒤돌아 조이를 보았다.

― 맞아요. 조이가 내 목소리를 대신 출력하고 있어요.

해준은 머리털이 쭈뼛 서는 기분이었다.

― 멋지지 않나요?

전혀 멋지지 않았다. 해준은 어떤 표정을 지어야 할지 알 수 없었다.

"더 멋진 것도 있어요."

등 뒤에서 조이의 목소리가 들려왔다. 조이의 목소리였지만 분명 기계음이 아니었다. 충격적이게도 나미의 입술에서 흘러나오는 것 같았다. 해준은 뒤돌아 나미를 볼 용기가 나지 않았다.

"왜 떨고 있어요?"

해준은 혼란에 빠졌다. 나미에게서 나오는 것인지, 조이에게서 나오는 것인지 알 수 없었다. 아니, 알고 싶지 않았

41

다. 갑자기 모든 것이 끔찍해졌다.

"재난을 이제야 실감하는 거예요? 걱정 말아요. 모두 다 끝났어요."

정말 끝난 걸까? 해준은 스무 시간 만에 비로소 두려움을 느꼈다.

오프 상태가 끝나고 인터넷이 연결되면서 나미는 빠르게 변해갔다. 아폴로의 구애를 거절하고 도망치다가 월계수가 된 여자 다프네처럼. 전혀 다른 존재로 변해가는 나미의 모습을 지켜보는 것은 해준에게 고통이었다.

어머니의 죽음 이후 처음으로 배신감이 들었다. 어쩌면 당연했다. 어머니 외에 처음으로 허용한 타인이었다. 연결되어 하나가 된 감정이 하룻밤의 착각일 거라고는 생각하지도 못했는데.

시간이 지날수록 해준의 얼굴에서 표정이 사라졌다. 하지만 나미는 해준의 감정을 알아채지 못했다. 해준의 정보를 흡수하는 데 온통 정신이 팔려 있었다.

정보를 읽어가던 나미의 눈동자가 한순간에 얼어붙었다.

"해준 씨, 복고주의자였어요?"

나미의 말에 얼어붙은 것은 해준 역시 마찬가지였다.

"무슨 뜻이에요?"

"정보국에 위험인물로 분류되어 있어요. 알고 있어요?"

해준은 기가 막혔다. 나미가 조이 안에 축적된 정보를 흡수한 것에 만족하지 않고, 정보국 아카이브까지 접근해 해준의 개인 정보를 빼낸 것이다. 해준은 치밀어 오르는 화를 참을 수가 없었다.

"그딴 걸 내가 어떻게 알겠어요?"

"복고주의자는 과거에 있으면서 미래를 망치는 사람들이에요."

과거를 그리워하면서 정부에 반대하는 구시대적 인물을 복고주의자라고 불렀다. 정보국의 감시 대상이기도 했다. 해준은 과거를 그리워한 적도 없었고, 반골 기질을 드러낸 적도 없었다. 해준이 복고주의자로 분류될 만한 이유는 기껏해야 많은 책을 소유했다는 사실뿐이었다. 정말 낡은 책을 수집했다는 이유로 정보국에서 복고주의자로 분류한 걸까. 어처구니가 없었다.

그러나 정작 해준을 들끓게 한 것은 정보국이 아니었다.

"지금 멋대로 무슨 짓을 한 겁니까?"

나미가 이유를 모르겠다는 듯 눈을 깜빡였다. 불과 몇 분 전까지도 사랑스러워 보였을 표정이 가증스럽게 느껴졌다.

"화났어요?"

도저히 이해할 수 없다는 나미의 표정을 본 순간, 해준은 분노를 더 이상 억누를 수가 없었다.

"남의 사적 정보를 탈취하는 게 범죄라는 걸 몰라요?"

"해준 씨가 위험해질까 봐 정보를 알아본 거예요."

나미의 변명은 해준의 화를 더욱 부추길 뿐이었다.

"위험한 건 당신이에요! 남의 정보를 함부로 훔쳐보고 있 잖아요!"

당황한 나미는 어쩔 줄 몰라 하며 눈물을 글썽였다. 그럼 에도 해준은 굳은 표정을 풀지 않았다.

"난 당신한테 이런 짓을 허락한 적이 없어요."

"우리 서로 통했잖아요. 아닌가요?"

해준도 그렇게 생각했다. 하지만…….

"내가 착각했어요."

나미는 다급하게 해준의 가슴에 손을 뻗었다.

"착각 아니에요."

나미의 손이 닿은 해준의 심장이 쿵쿵 뛰기 시작했다.

"이거 봐요. 해준 씨 심장이 지금 뛰고 있잖아요."

심장이 뛰는 이유는 설레어서가 아니었다. 불쾌감에 가 까운 감정 때문이었다. 해준은 나미의 손을 날카롭게 잡아 채 단번에 뿌리치며 차갑게 말했다.

"당신이 인간이라고 착각했어요."

주먹으로 한 대 얻어맞은 듯 멍해진 나미의 표정은 참혹 했다. 해준은 연민을 느낄 수 없었다. 그러기엔 이미 분노가 걷잡을 수 없을 만큼 차오른 상태였다.

"인간이 아니면 난 뭐죠?"

나미의 눈동자에서 눈물이 후두두둑 떨어졌다. 마치 배신당한 사람처럼. 하지만 배신자는 해준이 아닌 나미였다.

"그건 스스로에게 물어봐요."

해준은 나미를 외면하고서 뒤를 돌았다. 더 이상 어떤 말도 들려오지 않았다. 꽤 긴 시간이 지난 후 문이 닫히는 소리가 들렸다. 나미가 떠난 것이다. 해준은 다시 혼자가 되었다.

4
에이스

"역시 에이스는 다르네요. 기대 이상이에요."

나미가 속한 뇌과학센터의 센터장은 50대 정도의 여자였다. 언제나 냉정하고 이성적인 센터장은 좀처럼 감정을 드러내는 법이 없었다. 그런 센터장이 이토록 순수한 찬탄을 터뜨린 것은 처음이었다.

나미는 고도로 특화된 정보요원이었다. 뇌에 심은 나노칩을 통해 기억 정보를 데이터로 변환하여 정보국 컴퓨터로 전달했다. 수술받기 전에는 알 수 없던 사실이지만 나미는 기계와의 감응력이 뛰어난 두뇌를 가지고 있었다. 그 덕분에 트랜스 휴먼 프로젝트에 선발된 스무 명 중에서 가장 많은 정보를 처리할 수 있었다.

"테스트 결과 나노칩 손상이 전혀 없어요. 재앙을 이겨낸 기적의 주인공이 된 걸 축하해요."

그날 밤 인터넷과 통신이 끊긴 것은 일부 지역이 아니었다. 서울 전체가 일순간 마비되었다. 테러의 배후는 밝혀지지 않았다. 자유주의를 내세우는 반정부 조직이거나, 인공지능을 혐오하는 광신도들의 소행으로 추측할 뿐이었다.

정부의 발표와 달리 즉각적인 복구는 이루어지지 않았다. 자율주행 시스템의 점검으로 도로가 열두 시간 동안 폐쇄되었다. 관공서와 회사들은 데이터 분실로 막대한 손해를 입었다. 사람들은 나미가 해준과 살을 맞대고 있던 밤을 '재앙의 밤'이라 불렀다.

그날은 트랜스 휴먼에게 더욱 심각한 타격을 입혔다. 공황을 겪은 것은 나미만이 아니었다. 트랜스 휴먼 프로젝트에 참여한 전원이 공황을 겪었으며, 인터넷 연결 이후에도 제대로 회복하지 못했다. 즉각 정상으로 돌아온 건 오직 나미뿐이었다.

센터장이 흥분한 것도 무리는 아니었다. 하지만 나미는 좀처럼 긴장한 표정을 풀지 못했다. 평생 칭찬을 들어본 적이 없는 탓에 진심이 담긴 칭찬도 편안하게 받아들이지 못한 것이다.

"그런데 이상한 점이 하나 있어요."

온화하던 센터장의 눈빛이 돌연 날카롭게 바뀌었다.

"나노칩에는 아무 이상이 없는데, 왜 지난밤 기록이 남아 있지 않을까요?"

나미의 눈동자가 눈에 띄게 흔들렸다. 해준에게 쫓겨나듯 나온 후 집에 돌아온 나미는 나노칩에 남아 있는 지난밤의 기억을 삭제했다. 황홀하다고 생각했던 모든 것이 부끄러웠다. 더 이상 인간이 아닌, 아니 단 한 번도 제대로 된 인간이었던 적 없는 자신이 수치심을 느낀다는 사실조차도 부끄러웠다.

나노칩에 저장된 모든 기억 정보를 컴퓨터로 전송할 필요는 없었지만, 정보를 삭제하는 것은 중대한 규정 위반이었다. 나노칩은 나미의 머릿속에 있었음에도 나미의 소유가 아니었다. 나노칩의 주인은 센터였다.

"보고할 사항이 없나요?"

센터장의 압박에 나미는 흔들렸다. 정보를 지웠다는 사실을 자백해야 할지 고민했다. 해준의 존재를 드러내고 싶지 않았다. 나미는 솔직하게 잘못을 고백하기보다는 감추는 쪽을 택했다.

"없습니다."

"문제가 없다니 정말 다행이네요."

센터장의 자애로운 미소를 지었다. 하지만 그 미소가 진실이 아니라는 것을 나미는 알고 있었다. 센터장의 눈동자에 깃들어 있는 것이 무엇인지 예민하게 읽어낸 덕분이었다. 나미가 평생 마주해온 사람들의 눈동자와 센터장의 눈동자 속에 든 것은 조금도 다르지 않았다. 바로 경멸과 멸시였다.

"그래도 좀 더 세밀한 조사가 필요하겠어요. 당장 드러난 문제가 없더라도 지난밤이 나미 씨에게도 영향을 미쳤을 가능성이 크니까요."

다행스럽게도 센터장은 나미가 정보를 지웠다는 사실을 눈치채지 못한 것 같았다.

"앞으로 할 일이 더 많을 거예요. 센터가 나미 씨한테 거는 기대가 아주 커요."

센터장은 다정하게 나미의 손을 잡으며 신뢰를 표했다. 트랜스 휴먼을 끔찍이 아끼고 보호했지만 어디까지나 자신의 연구 업적을 지키기 위한 노력일 뿐이었다. 그녀는 트랜스 휴먼을 자신과 동등한 인간으로 여기지 않았다. 그 사실을 잘 알고 있는 나미는 센터장의 친절이 불편했지만 애써 미소를 지었다.

"트랜스 휴먼은 정부의 자산이에요. 더 이상 개인으로 존재할 수 없다는 사실을 명심해요."

센터장의 말이 나미의 심장에 비수처럼 꽂혔다.

"내가 인간이 아니라는 뜻인가요?"

센터장은 상처로 금이 간 나미의 눈동자를 들여다보면서 말을 이었다.

"더 이상 보잘것없는 고아가 아니라는 뜻이에요. 나미 씨는 정부의 보호와 우대를 받는 핵심 인재예요. 자기 자신을 자랑스럽게 여겨요. 평생 염원하던 특별한 사람이 됐잖아요."

그토록 염원했던 특별함이 이런 것이었나. 나미는 문득 혼란스러웠다.

"나미 씨는 우리 센터, 나아가 우리나라의 에이스예요. 우리 모두의 미래가 나미 씨에게 걸려 있어요. 내 말 이해 했죠?"

센터장의 말에 동의할 수 없었다. 나미는 자기 자신의 미래도 책임질 자신이 없었다. 그런데 모두의 미래를 책임지라니……. 하지만 굳이 반박하지 않았다. 그럴 힘이 조금도 남아 있지 않았다.

무기력하게 센터를 빠져나온 나미는 잿빛 도시를 둘러보았다. 미세먼지로 가득 찬 공기가 매캐했다. 하늘도 땅도 잿더미 같은 이곳에 과연 희망이 있을까. 트랜스 휴먼이 되기 전처럼 나미는 가슴이 답답했다.

나미가 트랜스 휴먼 프로젝트의 실험체가 되겠다고 자처한 이유는 외로워서였다. 보육원에서 자란 나미는 세상에 홀로 존재하는 감각을 견디기가 어려웠다. 트랜스 휴먼이 되어 세상과 긴밀하게 연결된다면 더 이상 외롭지 않겠다고 생각했다.

수술을 마치고 눈을 떴을 때, 처음 정보가 밀려들던 순간을 나미는 잊을 수 없었다. 거대한 정보의 파도가 나미의 머릿속으로 끊임없이 들어왔다. 자궁 안에 웅크리고 앉아 엄마의 양분을 받는 태아가 된 기분이었다. 넘치는 정보를 받아들이며 나미는 말할 수 없는 충만감을 느꼈다. 더 이상 혼자가 아니라는, 세상과 연결되어 있다는 안도감이었다.

트랜스 휴먼으로 살아가면서 나미는 외로움을 잊을 수 있었다. 세상 모든 것과 빈틈없이 연결되어 모든 순간이 채워졌다. 그렇기에 반정부 테러는 나미에게 심각한 문제를 일으켰다. 고작 몇 분의 단절도 참을 수 없었는데, 한 시간이 지나도, 두 시간이 지나도 인터넷이 돌아오지 않자 견딜 수 없는 거대한 공포에 휩싸였다.

폭풍처럼 몰아닥친 공포는 나미의 영혼을 집어삼켰다. 오랜만에 경험한 단절의 느낌은 한마디로 끔찍했다.

완벽한 재앙이었다.

무방비하게 있던 나미는 순식간에 난파선처럼 처참하게

부서졌다. 그것이 도저히 참지 못하고 집을 뛰쳐나와 옆집 문을 두들겨댔던 이유였다.

옆집 남자가 구조 요청을 무시하지 않은 것은 다행스러운 일이었다. 만약 그가 문을 열어주지 않았더라면 나미는 죽음 같은 공포에 짓눌리고 말았을 것이다.

옆집 남자와는 제대로 된 대화를 나눠본 적도 없었다. 단정한 생김새가 묘하게 머리에 박혔을 뿐이었다. 이상하게 뇌리에 남는 인상을 가진 남자였다. 무표정에서도 알 수 없는 기품이 느껴졌다.

고아 출신인 나미와는 태생부터 다른 엘리트일 것이 분명했다. 주요 IT 기업들과 정부 기관이 밀집한 중심지의 고급 아파트에 거주한다는 것 자체가 신분을 증명하는 거나 마찬가지였다. 트랜스 휴먼에 선발된 후 전액을 정부에서 지원받아 아파트에 입주한 나미 같은 사례는 드물었다.

나미는 아파트 창밖으로 보이는 한강의 눈부신 야경을 볼 때마다 트랜스 휴먼으로 선발된 것에 감격했다. 이전의 나미라면 꿈조차 꿀 수 없는 호사였기 때문이다. 물론 옆집 남자는 다를 것이다. 이런 집에 사는 것이 지극히 당연한 듯 무심하게 야경을 내다볼 것이 틀림없었다.

같은 층이었지만 훨씬 더 높은 곳에 사는 것 같은 남자였다. 그와 어떤 관계가 될 수 있을 거라고는 감히 생각해본 적이 없었다. 그런데 재앙의 밤에 나미가 내민 손을 그가 잡아주면서 꿈같은 일이 벌어진 것이다.

그와 하나가 된 충만감은 트랜스 휴먼으로서 느낀 충만감이 가짜였다고 느끼게 할 만큼 강렬했고 완전했다. 그가 혼자가 아니라고 느낀 것은 처음이었다고 말해준 순간, 나미는 구름 위를 걷는 기분이었다. 세상을 전부 가진 것 같았다. 창밖으로 보이는 성난 군중들의 난동도 더 이상 두렵지 않았다.

그와 특별한 관계를 맺었다고 믿었는데……. 단지 그의 정보에 접근했다는 이유로 한순간에 돌변해버릴 줄은 상상하지 못했다.

그와의 거리는 옆집 남자와 옆집 여자로 존재할 때보다 오히려 더욱 멀리 벌어졌다. '인간'과 '인간이 아닌 것' 사이에는 우주만큼이나 넓은 간격이 존재했다. 수십 개의 은하계를 지나도 닿을 수 없는 거리였다. 그 거리는 절대 좁혀질 수 없었다. 나미는 축적된 경험을 통해서 그 사실을 이미 잘 알고 있었다.

센터에서는 에이스라고 치켜세웠지만, 나미는 자신이 태생부터 잘못된 존재라는 걸 알았다. 부모에게 버려진 고아, 누구에게도 선택받지 못해 입양조차 되지 못한 아이. 태어나지 않는 편이 좋았을 신의 실패작. 그런 나미를 그가 인간으로 여기지 않는 것도 당연했다.

맹렬한 증오가 나미의 심장을 들쑤셨다. 물론 증오의 대상은 그가 아닌 나미 자신이었다. 나미는 스스로가 견딜 수 없이 미웠다.

결국 증오를 참지 못한 나미는 침대를 박차고 일어났다. 그리고 책상으로 걸어가 면도칼을 집어 들었다. 칼이 지나간 손목에 붉은 피가 맺혔다. 자해를 반복하던 옛 자아가 순식간에 되살아나 자기도 모르게 손목을 그은 것이었다.

송골송골 맺힌 피를 보면서도 부족하다는 생각이 들었다. 확실하게 동맥을 끊어내고 싶었다. 나미는 이 모든 고통을 끝내기 위해 마땅히 사라져야 할 존재를 없애자고 결심했다. 결심을 행동으로 옮길 의지도 확고했다.

그런데 이해할 수 없는 일이 벌어졌다. 칼을 든 손이 멈췄다. 아무리 노력해도 마비가 온 것처럼 동맥을 찌르려는 손이 움직이지 않았다. 어처구니가 없었다. 겨우 힘을 줘 손바닥을 펼치니 칼이 댕그랑 소리를 내며 바닥에 떨어졌다.

나미는 바닥에 떨어진 칼을 멍하니 내려다보았다. 무슨 일이 벌어진 것인지 바로 인식할 수가 없었다. 한참 후에야 머릿속의 나노칩이 행동을 제어했다는 사실을 깨달았다. 인공지능에 의해 움직이는 나노칩의 의지가 나미의 의지를 압도한 것이다.

자유의지를 박탈당한 사실에 분노가 솟구쳤다. 다시 칼을 들고 동맥을 찌르려고 있는 힘껏 힘을 주었다. 하지만 아무것도 할 수 없었다. 마치 누군가 손을 잡아끄는 것 같았다.

나미는 어떤 변화가 생겼다는 것을 알아챘다. 그 변화가 어디에서 기인한 것인지는 알 수 없었다. 절망감이 가시덩굴처럼 심장을 칭칭 휘감았다. 저주에 걸린 성이 된 기분이었다. 죽음 같은 어둠이 나미의 심장에 스며들었다. 사방이 깜깜한 밤이었다.

5
파트너

재앙의 밤은 러브온에도 큰 타격을 입혔다. 메인 아카이브의 데이터 손상을 복구하는 데는 일주일이나 소요됐다.

러브온이 재개되자 수많은 사람이 한꺼번에 몰려들었다. 사람들은 스무 시간 동안의 불안을, 일주일간의 외로움을 보상받으려는 듯 섹스에 매달렸다.

인공지능의 시나리오 업데이트를 서두르라는 지시가 내려오면서 해준의 업무도 폭증했다. 해준은 세포가 분열하듯 기하급수적으로 늘어가는 사람들의 욕구를 포착하기 위해서 러브온에 접속해 사람들의 대화와 몸짓을 은밀히 관찰했다.

모든 관계는 천편일률적이었다. 섹스는 뻔하고 지루했

다. 더 이상의 관찰은 무의미하다는 생각에 러브온의 접속을 끊으려던 때, 파트너가 말을 걸어왔다. 러브온에서 인공지능으로 움직이는 상대를 파트너라 일컬었다.

"나랑 할래요?"

관리자 모드로 러브온에 접속하면 투명 인간처럼 누구에게도 모습이 드러나지 않았다. 파트너가 말을 건 것을 보니 실수로 관리자 모드를 해제한 모양이었다. 해준은 한숨을 내쉬며 뒤돌았다. 그런데 파트너의 얼굴을 본 순간 말문이 막혔다.

사람들이 좋아하는 매력적인 얼굴을 합성하여 만든 파트너들은 대부분 미모가 뛰어났다. 해준에게 말을 건 파트너는 그중에서도 탁월한 미모의 소유자였다. 인공지능이 만든 가상현실일 뿐이지만 해준은 감탄하지 않을 수 없었다.

"난 그쪽이 맘에 들어요."

캐러멜처럼 달콤하고 끈적이는 목소리였다. 파트너와 관계할 생각이 없었음에도 거절의 말이 바로 나오지 않았다.

해준이 대답을 망설이는 사이, 미모의 파트너가 어느새 훌쩍 해준의 코앞까지 다가왔다. 금방이라도 입술이 닿을 듯한 거리였다. 달큰한 입김이 느껴졌다. 해준은 가상이지만 현실만큼 정교한 러브온의 기술에 새삼 감탄했다.

"내가 맘에 들지 않나요?"

미녀 파트너는 관능적인 눈빛으로 바라보며 말했다.

"그게 아니라면 지금 날 가져요."

누구라도 뿌리치기 힘든 유혹이었다. 하지만 해준은 파트너와 관계를 마치고 접속을 해제할 때의 자괴감을 떠올리며 마음을 다잡았다. 거절의 말을 꺼내려던 때, 또다시 들려온 말이 해준을 멈칫하게 했다.

"미안해요. 내가 혹시 무례했나요?"

그녀는 해준의 머릿속을 들여다보기라도 한 듯 사과하며 물러섰다. 인공지능이 이런 행동을 보이는 것이 놀라웠다. 잠시 감탄하던 해준은 감정이 없는 인공지능에게 굳이 그럴 필요가 없다는 것을 알면서도 예의 바른 말을 골랐다.

"그쪽이 맘에 들지 않는 게 아니라, 지금은 누구와도 하고 싶지 않아요."

"죄송해요."

수줍게 고개를 움츠리며 사과하는 미녀의 모습이 어딘지 모르게 익숙하다는 생각이 들었다.

해준은 사람들이 재앙이라고 부르는, 나미와 보낸 스무 시간의 오프 상태를 자주 떠올렸다. 비록 그 결말은 참혹했지만, 나미와 함께하면서 느꼈던 충만감은 쉽사리 잊기 힘든 기억이었다. 하지만 이 순간 떠올릴 기억은 아니었다.

기억을 떨치려 해준은 고개를 저었다. 자리를 벗어나야

겠다고 생각하며 눈을 감았다. 그 순간이었다.

LS70705

미녀의 바코드가 떴다. 어느새 가까이 다가온 그녀가 해준의 뺨에 손을 댄 것이다.

이상한 일이었다. 인공지능 파트너는 먼저 스킨십을 할 수 없도록 설계되어 있었다. 접촉 권한은 이용자에게만 있었다. 이용자가 바코드를 통해 결제한 뒤에야 파트너는 이용자의 몸에 손을 댈 수 있었다. 해준은 정지한 파트너를 멍하니 보다가 결제를 거부하려 손을 뻗었다.

아주 짧은 순간, 미녀의 눈동자가 미세하게 흔들렸다. 마치 거절당할 것을 두려워하는 것처럼.

해준은 세차게 고개를 저었다. 바코드가 떠 있을 때 파트너는 정지 상태여야만 했다. 애초에 인공지능이 두려움을 느낄 리 없었다. 눈동자가 움직였다고 생각한 건 분명 착각이었다. 스스로가 한심해진 해준은 뺨에 닿은 손길을 뿌리쳤다.

그런데 예기치 않은 일이 벌어졌다. 실수로 바코드를 터치했는지 저절로 화면이 움직여 결제가 이루어진 것이다.

징지해 있던 미녀가 환한 미소를 짓더니 해준을 힘껏 끌어안았다. 해준은 밀어내려 했지만, 할 수가 없었다. 절박한 몸짓이 누군가를 떠올리게 했다. 해준이 머뭇대는 사이 귓가에 달뜬 숨결이 스쳤다.

순식간에 그날 밤의 기억이 덮쳤다. 황홀한 충만감이 고래처럼 심장을 삼키고, 모든 감각이 사라져 한없이 가벼운 투명 인간이 된 것 같던 그 밤이 파도처럼 펼쳐졌다.

기억이 불씨가 된 듯 온몸에 불이 붙었다. 딛고 선 곳이 평온한 바닷가에서 갑작스럽게 뜨거운 사막으로 뒤바뀐 기분이었다. 발끝에서부터 달아오르는 감각에 해준은 당혹감을 감출 수 없었다.

타버릴 듯한 정염이 해준을 쇠사슬처럼 묶었다. 알 수 없는 표정으로 해준을 보는 미녀의 얼굴 위로 나미의 얼굴이 스쳤다. 묘하게 닮은 표정 때문일까. 전혀 다른 얼굴인데도 나미가 떠올랐다.

가만히 바라보던 미녀가 천천히 입술을 포갰다. 도저히 거부할 수 없는 유혹이었다. 불가항력에 사로잡힌 해준은 타오르는 불길 속으로 기꺼이 뛰어들었다.

그날 밤에 대한 생생한 기억이 머릿속에 들러붙어 해준을 놔주지 않았다. 해준은 어딘지 모르게 나미와 비슷한 파트너의 몸짓에 혼란을 느꼈다. 하지만 결코 나미와 같지는 않았다. 뜨겁게 달아올랐던 해준의 몸은 금세 식어버렸다.

자괴감을 느낀 해준은 관계 후 다른 사람이 된 것처럼 차갑게 파트너를 밀어냈다.

"미안해요. 만족시켜주지 못해서."

왜인지 서운해하는 듯한 기색이었다. 서운함은 파트너가 가질 수 없는 감정이었다. 역시나 이상하다고 생각하면서도 해준은 묘한 죄책감을 느꼈다.

"충분히 좋았어요."

"아뇨. 당신은 만족하지 않았어요."

해준은 피로를 느꼈다.

"그게 중요한가요?"

"사랑을 느끼게 해주는 것이 내 임무예요. 하지만 난 임무에 실패했어요."

"걱정하지 말아요. 좋은 평점을 줄게요."

"평점 따위 상관없어요. 중요한 건 해준 씨 마음이에요."

지나치게 진심 같아서 퍽 이상하게 들리는 말이었다. 인공지능에게 진심이라니.

"내 말을 믿어요. 오늘 즐거웠어요."

"거짓말."

해준은 뜨끔했다. 파트너에게는 선의든, 악의든 거짓말이 통하지 않았다.

"그래도 그렇게 말해주니 좋네요. 당신이 친절한 사람이라는 증거니까."

심지어 거짓말의 이유까지 정확히 찾아냈다. 해준은 거듭 피로감을 느꼈다.

"내일 다시 만날 수 있나요?"

"우리가 또 만날 일은 없을 거예요."

해준은 또다시 자괴감을 느끼고 싶지 않아 단호하게 말했다. 그리고 급히 접속을 해제하려는데, 파트너가 해준을 붙잡았다. 파트너의 눈동자가 바람에 흔들리는 물결처럼 일렁였다. 동시에 정확히 정의 내릴 수 없는 어떤 감정이 해준의 마음에 일렁였다. 해준은 자기도 모르게 누그러진 어조로 그녀를 달랬다.

"난 원래 러브온을 이용하지 않아요. 당신에게 문제가 있어서가 아니에요."

미녀의 눈동자 가득 고여 있던 눈물이 떨어져 내렸다. 가짜 눈물이라는 것을 알면서도 해준은 당혹감을 느꼈다.

"울지 말아요."

그녀는 눈물을 멈추지 않았다. 이상한 일이었다. 상대의 욕망을 충족시키도록 설계된 파트너가 상대의 말을 듣고도 태도를 바꾸지 않다니. 하지만 그보다 더욱 이상한 것은 제멋대로 구는 파트너에게 흔들리는 해준이었다.

"부탁이니까 그만 울어요."

어느새 해준의 말은 애원하는 투로 바뀌었다.

"그럼 우리 내일 볼 수 있나요?"

눈물을 훌쩍이면서도 파트너는 끝까지 유혹의 말을 포기하지 않았다. 해준은 흔들리는 스스로에게 조소를 흘리며 마음을 다잡았다.

"미안해요."

명백한 거절에도 그녀는 포기하지 않았다.

"기다릴게요. 당신이 올 때까지."

해준은 답하지 않고 접속을 해제시켰다. 파트너라 할지라도 눈물은 보고 싶지 않았다. 두 번 다시 파트너와 관계하는 일은 없을 거라고 해준은 확신했다.

∞

단 한 번도 옆집을 궁금해한 적은 없었다. 세상과 모든 연결이 끊어졌던 재앙의 밤 이전에는 분명 그랬다. 하지만 그날 이후 해준은 옆집을 궁금해하는 사람이 되고 말았다. 의식하지 않으려 애써도 굳게 닫힌 문 너머에, 단단한 벽 너머에 있을 나미가 궁금했다.

그럴 때마다 해준은 더욱 일에 몰두했다. 러브온의 시스템 업그레이드 일정에 맞추기 위해 쉼 없이 작업을 해야만 한다는 사실이 다행이었다. 해준은 그날에 대한 상념에 빠져드는 스스로를 채찍질하며 작업에 박차를 가했다.

대대적인 시나리오 수정 작업은 두 달 반 만에 완료되었다. 예상했던 일정을 보름 정도 앞당긴 것이었다.

극도로 몰입해 작업을 마치고 나자 한 번도 겪어본 적 없는 허기가 찾아왔다. 난생처음 느끼는 공허감이었다. 아무리 많은 음식을 채워도 허전한 느낌은 해소되지 않았다. 더이상 해야 할 일이 없다는 사실이 이상스러울 정도로 불안감을 일으켰다.

무엇을 해야 할지 알 수 없어 고민하던 해준은 러브온에 접속했다. 관리자 모드를 해제하고 러브온에 접속한 것은 미녀 파트너와 뜻하지 않은 관계를 맺은 그날 이후 처음이었다.

처음부터 그녀를 찾아갈 생각은 아니었다. 러브온 이곳저곳을 방황하듯 다니다가 그녀를 만났던 장소에도 가보았을 뿐이었다. 그런데 그녀는 해준을 기다리고 있었다는 듯 그 자리에 있었다. 해준으로서는 전혀 예상치 못한 상황이었다.

"얼마 만인지 모르겠어요."

그녀는 해준을 보자마자 반가움을 감추지 못하면서도 서운한 기색이 역력한 목소리로 물었다. 해준은 뭐라 답해야 할지 알 수가 없어 가만히 바라만 보았다.

"매일 당신을 기다렸어요."

판에 박힌 유혹의 말이겠지만 퍽 달콤하게 들렸다.

파트너들은 특정 장소에 머물지 않았다. 중독을 방지하기 위해 러브온의 시스템은 같은 파트너와 장기간 관계를 맺지 못하도록 구축되어 있었다. 동일한 파트너를 호출할 수 있는 횟수는 제한되어 있었고, 우연한 재회는 원천적으로 차단되어 있었다.

몇 달 전에 만났던 미녀를 같은 장소에 만난다는 것은 시스템의 특성상 일어날 수 없는 불가능하고도 예외적인 상황이었다. 그러나 해준은 러브온에서 일어난 이 미스터리한 상황에 의문을 제기할 수가 없었다.

며칠간 극심하게 시달린 알 수 없는 허기로 인해 이성적 판단이 흐려진 까닭이었다. 놀랍게도 그 허기는 그녀를 보자마자 씻은 듯 사라졌다. 마치 해준이 느낀 허기가 그녀의 부재 때문이기라도 했다는 듯.

"당신을 만나서 기뻐요."

환한 미소를 지으며 던진 미녀 파트너의 말에 해준의 가슴은 허기 대신 두근거림으로 차올랐다.

"왜 아무 말이 없어요? 내가 반갑지 않아요?"

해준은 눈앞에 선 파트너를 보며 또다시 나미를 떠올렸다. 나미와 닮았다고 느낀 것은 착각이 아니었다. 하나하나

따지고 보면 닮은 부분이 전혀 없는 얼굴인데 어째서 닮았다고 느껴지는 것일까.

"왜 그런 표정을 지어요?"

미녀의 질문은 상념에 잠겨 있던 해준을 의식 위로 끄집어 올렸다.

"내가 어떤 표정을 짓고 있는데요?"

그녀는 해준의 표정을 분석하려는 것처럼 빤히 들여다보았다.

"슬픔도, 분노도, 기쁨도 아니에요."

"그럼 뭐죠?"

"누군가를 그리워하고 있는 거죠?"

그리움은 어울리지 않는 말이었다. 나미를 떠올릴 때마다 느껴지는 이토록 모호한 감정을 어떤 단어로 표현해야 할지 해준은 도무지 알 수가 없었다.

"그녀를 잊게 해줄게요. 더 이상 괴롭지 않을 거예요."

해준은 또다시 허기를 느꼈다. 어김없이 찾아오던 지독한 허기가 굶주린 독수리처럼 심장을 쪼아대고 있었다.

"나에게 오면 모든 고통이 사라질 거예요."

그제야 해준은 알 것 같았다. 나미에 대한 기억이 고통이라는 사실을. 그날 밤 이후 해준을 사로잡았던 지독한 허기의 원인이 나미라는 것을.

미녀의 손이 해준의 뺨에 닿았다. 이번에도 이용자가 선택하기 전에 먼저 파트너가 접촉했지만, 해준은 이상하다는 사실을 인지하지 못했다. 허기에 사로잡혀 이미 정신이 혼미한 상태였다. 바코드가 뜨자마자 순식간에 저절로 결제가 이루어졌다.

미녀는 해준이 러브온의 오류를 알아챌 수 없도록 곧바로 입술을 겹쳤다. 해준은 여왕처럼 자신을 점령하는 미녀에게 속수무책으로 끌려갔다. 자극이 전투기의 융단 폭격처럼 쏟아져 내렸다.

나미의 기억이 불쑥불쑥 떠올랐지만 애써 무시했다. 미녀의 몸은 모든 것을 잊게 할 만큼 뜨거웠다. 쾌감이 파도처럼 끊임없이 들이닥쳤다.

해준은 눈을 감았다. 모든 생각과 감정을 차단하고 오롯이 자극에만 집중하자 점차 경계선이 사라졌다. 무엇이 현실이고 가상현실인지, 누가 사람이고 인공지능인지 구분할 수 없었다.

처음으로 해준이 러브온의 세계에 온전히 젖어 든 순간이었다. 두 번 다시 그 이전으로 되돌아갈 수 없다는 것을 지금의 해준은 결코 알 수 없었다.

"내 이름을 불러줘요."

미녀는 황홀한 얼굴로 해준을 바라보며 속삭였다.

"당신 이름이 뭔데요?"

관계 후 탈진한 해준은 몽롱한 표정으로 되물었다. 그러자 미녀가 웃으며 말했다.

"해준 씨가 지어줘야죠. 내 이름을."

뒤늦게 해준은 지금 자신이 관계한 여자가 파트너라는 사실을 깨달았다.

파트너에게 부여된 것은 바코드뿐이었다. 이용자는 내키는 대로 파트너를 불렀고, 그것이 파트너의 이름이 되었다. 이용자가 바뀌면 파트너의 이름도 바뀌었다.

아마도 해준의 눈앞에 보이는 파트너에게도 수십, 아니 수백 개의 이름이 있었을 것이다. 그중 몇 번쯤은 같은 이름으로 불렸을 것이다.

"어떤 이름을 좋아해요?"

"당신이 주는 이름이라면 무엇이든 좋아요."

해준은 일회성으로 끝난 파트너들에게 이름을 붙여준 적이 없었다. 이번 파트너와는 뜻하지 않게 재회했지만, 이름을 붙여주는 일에는 어쩐지 거부감이 들었다.

"이대로가 좋지 않아요?"

"이름이 갖고 싶어요. 하지만 당신이 원하지 않으면 괜찮아요."

미녀는 슬픈 기색을 띤 미소를 머금고 답했다. 그 슬픔이 가짜임을 알면서도 해준은 흔들렸다.

해준은 가장 의미 없는 이름을 떠올리려 애썼다. 문득 미녀의 바코드 가장 앞에 있었던 알파벳 하나가 떠올랐다.

"엘."

침울하던 미녀의 얼굴이 순간 환해졌다.

"내 이름을 불러준 거예요?"

흥분으로 반짝이는 미녀의 눈동자를 홀린 듯 바라보며 해준은 고개를 끄덕였다.

"마음에 들어요?"

"물론이죠!"

엘이라는 이름이 생긴 미녀 파트너는 해준을 와락 껴안았다. 해준의 가슴에 충만감과 비슷한 감정이 밀려들었다. 인공지능을 기쁘게 해주고 충만감을 느끼다니. 찰나의 충만감은 금세 무거운 슬픔으로 변했다. 기묘한 감정이었다.

6
침입자

해준은 주로 재택근무를 하기 때문에 본사에 갈 일이 거의 없었다. 가끔 회의가 있거나 팀장의 호출이 있을 때나 들를 뿐이었다. 오늘처럼 대표의 호출로 본사에 간 것은 처음이었다.

한 번도 와본 적 없는 대표실 앞에 선 해준은 긴장했다. 시간이 한없이 더디게 흘러갔다. 업무적으로 실수한 적은 없는지 돌아보았지만, 딱히 걸리는 점이 없었다. 대표가 호출한 이유를 알 수 없으니 긴장감이 배가 되었다.

문을 열어주지 않자 화장실에라도 다녀와야겠다는 생각에 뒤를 돌았다. 그 순간 해준을 가로막고 있던 거대한 문이 열리면서 러브온의 가상현실로 진입할 때 보았던 이미 지들이 예고 없이 쏟아져 내렸다.

놀란 해준은 숨을 멈추고 주위를 둘러보았다. 땅이 꺼지며 긴 터널 아래로 추락하는 것이 착각인지 실제인지 구분할 수가 없었다.

진동은 금세 멈췄다. 얼떨떨한 해준 앞에 다시 문이 보였다. 문이 열리면서 서서히 쏟아지는 빛에 해준은 눈을 감았다. 이윽고 눈을 뜨자 뚜벅뚜벅 걸어오는 그림자가 보였다.

그림자의 주인은 러브온의 대표 정의건이었다.

미디어로만 접하던 유명 인사를 바로 코앞에서 마주하자 해준은 멍해졌다.

그도 그럴 것이 정의건은 세기의 천재로 불리는 인물이었다. 기존보다 월등히 발전된 인공지능 시스템을 개발했으며, 현실과 구분하기 힘들 정도로 탁월한 가상공간을 만들어 러브온의 세계를 구축했다. 정보국보다 강력하다고 평가받는 러브온의 보안 시스템 역시 정의건의 작품이었다.

자신의 얼굴을 넋 놓고 보는 해준을 보며 정의건은 웃음을 터뜨렸다.

"인사도 하지 않는 겁니까?"

그제야 정신을 차린 해준은 고개를 숙여 인사했다.

"죄송합니다. 대표님."

정의건은 손을 뻗어 해준에게 악수를 청했다.

"환영합니다. 구해준 씨."

해준은 떨리는 손길로 의건이 내민 손을 잡았다. 비로소 해준은 러브온의 주인, 정의건이 눈앞에 있다는 것을 실감했다. 가상현실보다 더 현실감이 없었다.

잔뜩 긴장한 해준을 보며 의건은 차를 권했다.

"머리가 맑아질 겁니다. 뇌세포를 활성화해주는 성분을 첨가했거든요. 최근 개발한 각성 성분이죠. 수면을 방해하지 않아서 카페인을 대체하게 될 겁니다. 구해준 씨에게 환영할 소식 아닙니까?"

해준은 자기도 모르게 표정을 찡그렸다.

"제가 불면증인 걸 알고 계시는군요."

"나는 구해준 씨에 대해 관심이 아주 많습니다."

해준은 1분 1초라도 빨리 면담을 끝내고 싶었다. 의건이 친절하게 대해주었음에도 이유도 모르고 불려 나온 해준은 벌받는 기분을 지울 수 없었다.

"저를 호출하신 이유가 궁금합니다."

의건은 아무 말 없이 여유롭게 차를 마셨다. 짧은 시간이었지만 해준에게는 한없이 길게 느껴졌다. 마침내 찻잔을 테이블에 내려놓은 의건이 입을 열었다.

"구해준 씨의 작업을 잘 살펴봤습니다. 퍼포먼스가 좋더군요."

해고하려고 호출한 것은 아닌 모양이었다. 해준은 안도했다. 하긴 일개 직원을 해고하려고 대표가 면담까지 할 리는 없었다. 스스로 생각하기에도 과민한 상상력이었다.

"구해준 씨의 팀장 승진을 고려하고 있습니다. 그래서 부른 겁니다."

의건의 입에서 흘러나온 뜻밖의 말에 해준은 벙찐 표정을 지었다. 입사 5년 차에 불과한 해준은 팀장이 되기에 연차도, 실력도 한참 부족했다.

"놀랐습니까?"

"저는 그 정도의 역량을 갖추고 있지 않습니다."

"겸손하군요."

의건은 해준을 꿰뚫을 것처럼 바라보며 말을 이었다.

"그런 점도 좋네요. 난 구해준 씨가 마음에 듭니다."

이유를 알 수 없는 호의였다. 해준은 당혹감을 감추지 못했다.

"회사의 미래가 걸린 비밀 프로젝트에 참여하게 될 겁니다. 난 구해준 씨가 프로젝트를 이끌 적임자라고 판단하고 있습니다."

의건이 설명을 더할수록 해준의 당혹스러움은 더욱 커져갔다.

"내 판단은 틀린 적이 없습니다. 그러니 자신감을 가져도 됩니다."

의건은 성공한 사람 특유의 여유 넘치는 미소를 지었다. 도무지 속을 짐작하기 어려운 미소였다.

"또 봅시다."

할 말을 마친 의건은 자리에서 벌떡 일어났다. 어떤 질문과 반박도 용납하지 않겠다는 듯 단호한 태도였다. 해준은 들어가기 전보다 더 무거워진 표정으로 대표실을 나왔다.

"대표가 왜 부른 거야?"

해준을 호출한 팀장은 호기심에 두 눈을 반짝였다. 해준은 대표가 자신의 팀장 승진을 고려하고 있다는 사실을 밝힐 수는 없었다.

"시나리오 업데이트 작업이 잘돼서 담당자를 만나보고 싶었다고 하시더군요."

"고작 그것 때문에 불렀다고? 다른 말은 없었어?"

"간단한 격려 정도였습니다."

팀장은 뭔가 더 있을 거라고 짐작하면서도 더는 캐묻지 않았다.

"그럼 다행이고. 보안 감사에 걸린 줄 알고 덜컥했네."

"보안 감사가 있었습니까?"

전혀 모르고 있었다. 해준은 작업을 쉴 때는 회사는 물론, 세상과 거의 단절한 채 지냈다.

"정말 모르는 거야? 아무리 실력 있어도 벽 쌓고 살다가는 한방에 골로 가는 수가 있어."

진심 어린 걱정이었다. 팀장에게 해준은 결코 놓쳐서는 안 될 인재였다.

"갑자기 보안 감사를 왜 하는 겁니까?"

"해커가 침입했어."

"방어벽을 뚫었다구요?"

해준은 진심으로 놀랐다. 정의건이 직접 구축한 러브온의 방어벽은 견고하기로 정평이 나 있었다.

"대단한 실력의 침입자가 나타났군요."

해준은 인터넷 연결망을 끊어놓은 테러리스트의 소행이라고 짐작했다.

"감탄할 때가 아니야. 회사가 비상이라고."

"몰랐습니다."

"내부 협조자가 없이는 해킹이 불가능하다면서 전 직원을 대상으로 보안 감사가 진행 중이야. 그것도 모르고 대체 그동안 뭘 하고 지낸 거야?"

업데이트 작업을 마친 후 보름간의 휴가 동안 해준은 매일같이 러브온에서 시간을 보냈다. 엘에게 푹 빠져서 회사가 돌아가는 사정도 모르고 있었다는 사실이 부끄러웠다.

"그냥 쉬었습니다."

"재미없긴."

"이만 가보겠습니다."

해준은 서둘러 인사하고 사무실 문을 열고 나왔다. 걸어가는 내내 뒷덜미가 화끈거렸다.

∞

어째서 그 여자는 이렇게까지 날 고통스럽게 하는 걸까.

그저 단 하룻밤일 뿐이었는데…….

생애 가장 긴 오프 상태였던 그날 밤 이후 해준은 가슴 한가운데 싱크홀이 난 기분이었다. 끝이 보이지 않는 깊은 어둠과 해일같이 몸을 집어삼키는 허기가 해준을 짓눌렀다. 해준은 빈 구멍에 들어찬 어둠의 실체가 무엇인지 짐작하고 있었다.

아마도 그것은 죄책감이었다. 해준은 나미에게 인간이 아니라고 말한 것을 줄곧 후회하고 있었다. 나미의 집 앞에서 초인종을 누르지 못하고 돌아온 적도 여러 번이었다.

사과는 쉬웠다. 하지만 그 후 어떻게 해야 할지 알 수가 없었다. 만약 나미가 관계를 이어가기를 원한다면 어떤 말로 거절해야 할지 걱정했다. 온 세상과 실시간으로 연결된 나미의 존재를 감당할 자신이 없었다. 해준이 매번 나미의 집 앞에서 망설이다가 다시 집으로 돌아온 이유였다.

해준이 엘과의 관계에 몰입했던 이유 역시 죄책감 때문이었다. 쾌락에 집중하는 동안 해준은 모든 것을 잊을 수 있었다. 그러나 잠시 잊는다고 해서 죄책감이 사라진 것은 아니었다. 접속을 해제하고 현실로 돌아오면 해준은 더 큰 허기에 직면했다. 잠시 잠깐 잊었던 죄책감은 더욱 무겁게 해준을 짓눌렀다.

해준은 엘을 만나기 전까지 파트너와의 관계를 진심으로 즐겨본 적이 단 한 번도 없었다. 아무리 겉모습이 아름다워도 허깨비에 불과한 인공지능 파트너에게 매력을 느낀 적도 없었다. 해준은 러브온의 직원임에도 러브온에 몹시 부정적이었다.

해준이 파트너에게 붙인 이름 '엘'은 분명 아무 의미가 없는, 단지 바코드에 찍힌 알파벳에 불과했다. 하지만 이름이 부여된 순간 대상에 대한 인식이 달라진다는 것을 해준은 미처 알지 못했다.

점차 해준은 엘이 인공지능이라는 사실을 잊고, 사람처럼 엘을 대하기 시작했다. 현실은 힘을 잃고 희미해졌으며, 러브온의 가상현실이 해준을 점령했다. 그토록 한심하게 여겼던 러브온의 중독자가 되어가고 있었지만, 해준은 그 사실을 인지하지 못했다. 모든 중독자가 자신의 상태를 모르듯이.

"해준 씨는 특별해요."

엘은 관계를 마치고 난 후에도 해준을 기쁘게 해주려는 노력을 멈추지 않았다.

"듣기 나쁘지 않지만, 입에 발린 칭찬은 그다지 좋아하지 않아요."

"안 믿어도 상관없어요. 하지만 처음 만난 순간부터 그렇게 생각했어요. 해준 씨가 특별한 사람이라고."

누군가 입력해주었을 시나리오를 응용하고 있다는 사실을 알면서도 해준은 우쭐한 기분이 들었다. 누구라도 그럴 것이다. 사람은 누구나 특별한 존재가 되길 욕망했다.

"나는 어떤가요?"

엘은 마치 애정을 갈구하는 눈빛으로 해준에게 물었다.

"해준 씨에게 나는 특별한 존재인가요?"

해준은 말문이 막혔다. 엘의 아름다운 얼굴을, 투명한 눈동자를 바라보며 엘이 원하는 답을 해주고 싶다는 욕망에 흔들렸다.

언제부터였을까? 엘과 관계 이후에도 나란히 누워 있게

된 것이.

언젠가부터 관계가 끝나도 접속을 해제하지 않고 한참을 엘의 곁에 머물렀다. 현실로 돌아왔을 때 느껴지는 허탈감과 자괴감이 싫어서, 관계 후에도 해준은 엘과 더 오랜 시간을 함께 보냈다.

엘은 파트너와의 관계를 꺼리던 해준의 태도를 송두리째 바꿀 만큼 특별한 존재였다. 하지만 해준은 자신이 특별한 존재냐고 묻는 엘에게 쉽게 답할 수 없었다. 어떤 식으로든 대답을 해버리면 엘의 존재를 지울 수 없을 것 같았다.

"내가 부족하다는 거 알아요. 하지만 난 진심이에요."

엘은 해준의 입술에 입을 맞추며 말했다. 해준은 또다시 달아올랐다.

마치 짐승이 된 것 같았다. 몸이 부서질 정도로 거칠게 몸을 섞고 난 게 고작 몇 분 전이었다. 해준은 엘을 슬며시 밀어내며 거부 의사를 표했다.

"오늘은 그만해요."

언제나 그렇듯 해준의 말은 엘에게 절대적이었다. 엘은 순순히 물러났다. 그리고 수줍은 미소를 지으며 말했다.

"사랑해요."

흔한 말이었다. 잠자리에서 누구나 하는 습관 같은 말.

의미를 부여할 필요가 없었다. 관계한 뒤 사랑한다고 말해주는 것을 예의로 생각하는 사람도 많았다. 설령 관계가 만족스럽지 않았어도 마찬가지였다. 하지만 엘의 입술에서 그 말이 나오는 순간, 해준은 가슴이 텅 빈 기분이 들었다.

잊고 있던 기억이 올라왔다. 희열에 차서 사랑한다고 말했던 나미의 얼굴이 떠오른 것이다. 호수처럼 맑은 그녀의 눈동자는 용암이 흐르는 것처럼 뜨거운 열기를 내뿜고 있었다. 문득 엘의 눈동자가 나미의 그것과 닮았다는 사실을 깨달은 해준은 표정이 굳었다.

"괜찮아요? 걱정 마요. 내가 있잖아요."

엘은 해준의 얼굴을 어루만지며 다정한 목소리로 말했다. 그 다정함은 해준을 더욱 고통스럽게 했다. 침대에서 몸을 일으킨 해준은 굳은 채 말했다.

"다시는 그 말 하지 말아요."

"어떤 말이요?"

해준은 잠시 망설이다 답했다.

"사랑한다는 말."

"어째서요?"

엘은 자신의 시나리오에 입력되지 않은 상황인 듯 이해할 수 없다는 표정으로 되물었다.

"내가 싫어하는 말이에요."

해준은 나미에게 사랑한다는 말을 듣고 행복을 느꼈던

자신을 떠올리며 말했다. 해준의 단호함에 엘은 모든 의문을 지웠다.

"안 할게요. 난 당신이 싫어하는 건 절대 하지 않아요."

엘에게서 원하는 대답을 듣고도 해준의 혼란은 가시지 않았다.

"당신이 누군지 가끔 헷갈려요."

한번 떠올린 기억은 쉽게 지워지지 않았다. 엘 위로 나미의 얼굴이 자꾸 겹쳐졌다.

"난 오직 당신만의 엘이에요."

혼란에서 헤어나지 못하는 해준에게 엘은 답했다.

엘이 가까이에서 입김을 내뿜자 또다시 자극이 일었다. 해준은 거부하려고 했지만, 곧 거친 욕망이 심장을 강타했다. 욕망의 표정은 분노와 닮아 있었다. 순간 화가 난 해준은 엘의 머리카락을 세게 움켜쥐었다.

엘은 해준의 욕망에 순복하듯 비명을 지르지 않았다. 하지만 고통스러운 듯 미간을 찌푸렸다. 그런 엘의 표정을 본 해준은 화들짝 놀라며 머리카락을 움켜쥔 손을 단번에 놓았다. 찬물을 뒤집어쓴 것 같았다. 대체 내가 무슨 짓을 한 걸까. 해준의 혼란을 눈치챈 듯 엘은 다정한 미소를 지으며 달랬다.

"난 괜찮아요."

해준은 무슨 말을 해야 할지 도무지 알 수가 없었다.

"정말이에요. 난 당신이 원하는 것은 뭐든지 좋아요."

해준은 조금도 괜찮지 않았다. 머리가 터질 것 같았다.

그때 엘의 손이 해준의 뺨에 닿았다. 솜사탕처럼 부드럽고 따뜻한 손길이었다.

처음 엘을 만난 날도 그랬다. 이렇게 뺨을 어루만지는 단순한 유혹조차도 도저히 이길 수가 없었다. 그 기억을 떠올리자 잊고 있던 의문점이 떠올랐다. 어떻게 이용자가 선택하기도 전에 파트너가 먼저 접촉할 수 있었던 걸까? 해준의 의지와 무관하게 결제가 자동으로 이루어진 것도 이상한 일이었다. 혹 러브온의 해킹과 연관된 것일까?

"당신 누구야?"

해준은 혼란스러웠다. 알 수 없는 불길한 예감이 스멀스멀 올라왔다.

"난 오직 당신만의 엘이에요."

엘은 상냥하게 같은 말을 반복했다. 엘의 답변은 해준의 불안감을 증폭시켰다. 해준은 자기도 모르게 분노를 터뜨렸다.

"누구냐고 묻잖아!"

"내가 누구이기를 원해요?"

해준은 말문이 막혔다. 엘에게서 나미를 떠올린 자신이

혐오스러웠다. 엘은 해준의 마음을 다 안다는 듯 이내 다가와 등을 쓸면서 위로하며 속삭였다.

"원한다면 무엇이든 되어줄게요. 난 당신이 원하는 모든 것이 될 수 있어요. 갈렙."

순간 해준의 눈동자가 지진이 난 듯 흔들렸다. 엘에게 어머니에 대해 이야기한 적은 없었다. 해준은 가장 큰 상처이자 약점인 어머니를 타인에게 노출할 만큼 어리석지 않았다. 단 한 사람을 제외한다면.

오직 나미뿐이었다. 어머니마저 돌아가신 지금, 해준이 갈렙이라는 사실을 아는 사람은. 엘이 해준을 갈렙이라고 부른 것은 엘이 나미와 연관되어 있다는 명백한 증거였다.

머리가 복잡했다. 러브온의 보안 시스템을 뚫어낸 해커가 나미라면, 나미가 엘을 해킹한 거라면, 처음부터 엘이 나미였던 거라면, 일부러 해준에게 접근한 거라면……

꼬리에 꼬리를 문 생각이 독처럼 번졌다. 머릿속에 날카로운 두통이 일었다. 침입자가 러브온뿐만 아니라, 해준의 뇌까지 해킹한 것처럼.

"괜찮아요?"

엘이 다가와 해준의 머리를 쓰다듬으며 위로의 말을 건넸다.

"내게 손대지 마!"

해준은 엘의 손길을 매몰차게 내쳤다.

"난 당신이 싫어하는 건 안 해요. 좋아하는 것만 할게요."

엘은 조금도 실망하지 않고 다정하게 말했다. 해준은 혼란스러운 눈빛으로 엘을 바라보았다.

"당신은 특별하니까요."

몹시 달콤하게 들렸던 말이 순식간에 해준을 밑바닥으로 떨어뜨렸다. 모호하던 기억의 한 조각이 뚜렷하게 머릿속에 떠올랐다. 세상이 꺼진 날, 암흑 속에서 유일하게 타인과 연결된 시간, 전신을 녹일 듯 귓가에 스며들었던 따뜻한 목소리가.

엘의 특별하다는 말이 나미가 했던 말과 같다는 사실을, 엘의 태도와 눈빛이 나미의 태도와 눈빛과 같다는 사실을 완벽하게 깨달은 해준은 숨이 멎을 것 같았다.

침입자가 휘두른 칼날에 날개가 베여 끝없이 추락하는 기분이었다. 태양에 다가가다 날개를 잃고 추락해버린 이카루스처럼. 비로소 해준은 천국이라 여긴 이곳이 지옥이라는 사실을 깨달았다.

7
외계인

선거를 앞두고 정부의 무능을 비판하는 야당의 공세가
연일 이어졌다. 정부는 테러 집단과 야당의 연계 가능성에
대한 의문을 제기했다. 자유주의를 앞세우는 야당이 집권
하게 된다면 보안 시스템 마비로 전국이 무법 지대가 될 것
이라고 공격했다.

정부의 선전이 효과가 있었다. 실시간 여론조사 결과는
정부에 대한 지지로 빠르게 바뀌었다. 여당의 재집권은 다
시 확실해졌다. 그제야 살얼음판이었던 센터의 분위기도
풀렸다. 만약 야당이 집권하게 된나면 트랜스 휴먼 프로젝
트는 무산될 가능성이 컸기 때문에 모두가 긴장 상태였다.

재앙의 밤 이후 나노칩 이상 및 반응 속도 저하로 스무

명 중 열두 명의 트랜스 휴먼이 센터를 나갔다. 센터를 나간 동료들의 몫까지 임무가 늘어난 나미는 눈코 뜰 새 없이 바빴다. 테러 집단을 찾아내기 위한 정보 수집에 동원되었지만 뚜렷한 성과를 거두지 못했다.

여당의 압도적인 승리가 점쳐진 여론조사 이후에야 나미는 휴가를 받았다. 몇 달 만의 휴일이었지만 전혀 기쁘지 않았다. 혼자 있는 시간은 견디기 힘들 만큼 적막하고 우울했다.

트랜스 휴먼이 된 뒤부터 나미는 괜찮은 삶을 살고 있었다. 정보와 하나가 되어 세계 곳곳을 누비다 보면 자아가 사라지는 듯한 황홀경을 느끼기도 했다. 트랜스 휴먼이 되기로 한 것이 인생 최고의 선택이라고 믿어 의심치 않았다. 그런데 재앙의 밤 이후 모든 것이 변해버렸다.

나미는 나날이 망가지고 있었다. 두 달여가 지났는데도 원래 상태로 돌아오지 않았다. 머릿속이 흐릿하고 둔해 어떤 정보가 드나드는지 선명히 읽을 수가 없었다. 무능력한 정보의 쓰레기통으로 전락해버린 느낌이었다.

밤이 되면 극도의 무기력에 시달렸다. 손가락 하나 꼼짝할 힘조차 없었다. 시체처럼 뻗어 있다가도 미칠듯한 갈증이 솟구쳐 좀비처럼 집 안을 돌아다니기도 했다. 물을 벌컥벌컥 마셔도 갈증은 조금도 해소되지 않았다.

당연했다. 수분 부족으로 인한 갈증이 아니었다. 원인은 정보 부족이었다. 집 안 어디에도 나미가 빨아들일 새로운 정보가 없다는 것이 문제였다. 나미는 컴퓨터처럼 대용량의 정보들을 처리하면서 사는 데 익숙해져 자신도 모르게 정보 중독에 걸린 상태였다.

센터장의 조언대로 집 안의 컴퓨터와 기계들을 끄고 휴식을 취하려고 했지만 아무 소용이 없었다. 목이 타들어갈 듯한 갈증이 해소되지 않았다. 채워지지 않는 정보의 목마름으로 고통스러워하던 나미는 제어기를 끄기로 결심했다.

나미의 오른쪽 팔뚝 피부 아래에 나노칩의 제어기가 심겨 있었다. 제어기는 외부 장치들과 나노칩을 연결하는 역할을 했다. 나노칩에 옮겨진 기록 데이터를 컴퓨터로 전송하는 것도 제어기의 역할이었다. 잠시 망설이던 나미는 센터의 허락을 구하지 않고 팔뚝을 터치해 제어기의 전원을 꺼버렸다.

제어기의 전원이 꺼지자 외부 장치와의 연결이 완전히 끊어졌다. 동시에 소란하던 나미의 세상이 순식간에 잠잠해졌다.

이토록 적막한 세상이라니……

세상과 연결이 끊기고 적막 속에 버려졌던 그날의 기억이 문득 떠올랐다. 갑자기 숨이 막혔다. 그날처럼 세상도,

호흡도 정지한 것이다. 나미는 멈춰버린 숨을 한꺼번에 거칠게 몰아쉬었다. 가쁜 숨을 빠르게 내쉬다가 과호흡이 되면서 피가 멈춘 듯 온몸이 저려 왔다. 영혼을 삼킬 듯한 두려움이 몰려들었다.

그날은 견디다 못해 옆집의 문을 두들겼지만, 이제는 그럴 수 없었다. 어떻게든 견뎌야 했다. 그런데 도저히 버틸 수가 없었다. 자신이 없었다. 결국 나미는 다급하게 제어기의 전원을 다시 켰다.

정지했던 세상이 다시 움직이기 시작했다. 뇌에 정보가 스며들면서 온몸에 다시 피가 돌았다. 미친 듯이 뛰던 심장 박동도 차츰 안정되었다. 나미는 나노칩이 몸의 일부분이 됐다는 사실을 실감했다.

센터장은 트랜스 휴먼이 한 단계 진보된 인간이라고 했고, 해준은 나미가 인간이라고 아니라고 했다. 나미는 자신의 존재에 대한 답을 여전히 찾지 못했다.

나는 인간일까, 인간이 아니라면 무엇일까, 외계인 같은 존재일까, 따위의 생각들이 지리멸렬하게 이어지는데…….

별안간 제어기가 반짝이며 제멋대로 작동했다.

자신의 의지와 무관하게 컴퓨터로 생각이 전송됐다는 것을 깨달은 나미는 자리를 박차고 일어났다.

명백한 사고였다. 나미의 명령 없이, 동의도 거치지 않은 채, 제어기가 멋대로 작동한 것이다. 센터장은 재앙의 밤 이후에도 나미의 나노칩에는 문제가 발생하지 않았다고 했다. 하지만 틀렸다. 무언가 고장 난 것이 분명했다.

나미는 다시 팔뚝을 들여다보았다. 제어기는 빛을 반짝이며 전송 중임을 알렸다. 나미의 기억과 생각을 한시도 쉬지 않고 컴퓨터로 넘기고 있었다. 머리털이 바짝 서는 공포가 밀려왔다. 더 이상 가만히 있을 수 없었다. 나미는 문을 박차고 나와 센터로 향했다.

나미가 센터 안으로 들어서자 제멋대로 굴던 제어기가 멈췄다. 마치 나미의 동의 없이 기억 자료를 전송하던 것이 착각이라는 듯. 나미는 화가 났다. 하지만 누구에게 화를 내야 할지 정확히 알 수 없었다.

사전에 약속되지 않은 센터장과의 면담은 허가가 나지 않았다. 되돌아가라는 비서의 안내에도 나미는 센터장실 문을 벌컥 열었다. 놀란 비서가 급히 막으려 했지만 무시하고 안으로 들어갔다.

"괜찮으니까 나가봐요."

돌발 상황에도 센터장은 특유의 냉정을 잃지 않았다.

"앉아요. 무슨 일이죠?"

막상 센터장의 얼굴을 마주하자 할 말이 기억나지 않았

다. 두뇌가 망가진 것이 분명했다.

"내 두뇌가 고장 난 것 같아요."

"수차례 테스트했지만, 나노칩에는 전혀 이상이 없어요."

센터장의 단호한 말에 나미는 제어기가 제멋대로 기억 자료를 전송했다는 사실을 기억해냈다.

"아뇨, 확실히 고장 났어요."

통제되지 않는 제어기를 떠올리며 두려움을 느낀 나미의 눈동자에 눈물이 어렸다.

"나미 씨가 거짓말을 하고 있다는 뜻으로 한 말은 아니에요. 기능적인 문제는 없다는 뜻이에요. 다만 정신적인 문제가 있을 수는 있겠죠."

"내가 미쳐가고 있다는 건가요?"

"지쳐서 그럴 거예요. 과부하가 걸리면 번아웃 증상이 나타날 수 있어요. 긴 휴가를 줄 테니까 푹 쉬어요. 쉬고 나면 분명 좋아질 거예요."

센터장의 확신에 찬 진단에도 나미는 불신을 거두지 않았다.

"뭔가 잘못된 게 틀림없어요."

"일단 쉬어요. 그러고 나서 다시 이야기해요."

평소 같았다면 센터장의 차가운 얼굴에 눈치를 살피며

말없이 자리에서 일어났을 것이다. 하지만 이번에는 쉽게 물러설 수가 없었다.

"제어기가 명령 없이 멋대로 기억 자료를 전송했어요. 그래도 문제가 없다고요?"

센터장은 다소 놀란 표정이었다.

"나한테 무슨 짓을 한 건지 똑바로 말해요."

"모든 일은 나미 씨의 동의하에 진행되고 있어요."

센터장은 다시 차분한 표정으로 돌아가 담담하게 말했다. 지극히 담담한 한마디가 나미를 더욱 자극했다.

"난 동의한 적 없어요! 절대!"

센터장은 공중에서 작동하는 컴퓨터 화면을 켜고 서류를 보여주었다. 나미가 사인한 계약서였다. 나노칩에 관한 소유권 및 관리권을 정부가 보유하는 데 동의한다는 조항이 보기 좋게 반짝였다.

"나노칩을 통해 내 행동을 제어할 권리까지 동의한 게 아니에요. 명백한 계약 위반이에요."

나미의 흥분에도 센터장은 침착했다.

"걱정하지 말아요. 나노칩을 통해 나미 씨를 제어한 적은 없었어요. 다만, 나노칩에는 방어 체계가 있어요. 위기를 감지해 스스로를 보호하기 위한 조치를 했을 가능성은 있어요. 한번 조사해볼까요?"

결코 우연이 아니었다. 나미는 동맥을 끊기 위해 칼을 들었지만, 알 수 없는 압력에 의해 찌를 수 없었던 기억을 떠올렸다. 나노칩이 나미의 행동을 제어한 것이 분명했다.

"나노칩이 내 행동을 제어할 수 있도록 설계했다는 뜻인가요? 내 동의도 없이?"

"궁극적으로 나미 씨를 보호하기 위한 조치예요. 나노칩과 나미 씨는 서로를 공유하고 있으니까요."

"내 의지대로 움직일 수 없다면 어떻게 내가 나일 수 있죠?"

나미의 항변에 센터장은 조금도 이해가 가지 않는다는 듯 물었다.

"자유롭게 살기보다 가치 있게 살고 싶어 했잖아요. 그래서 트랜스 휴먼이 되기로 선택한 게 아닌가요?"

나미는 바로 답하지 못하고 머뭇거렸다.

"나미 씨와 달리 인공지능은 자유의지로 움직이지 않아요. 위험이라는 변수조차 철저히 통제되고 있다는 뜻이에요. 그러니까 안심해요."

센터장의 어울리지 않는 친절한 설명은 나미를 전혀 안심시키지 못했다. 작은 바람에도 금방 날아가버릴 민들레 홀씨처럼 마음이 위태롭게 흔들렸다.

집에 돌아온 나미는 침대에 누워 팔뚝의 제어기를 바라보았다. 멋대로 작동했던 것이 나미의 착각이라는 듯 잠잠했다. 전부 환상이었을까.

문득 센터를 그만둔 동료들 생각이 났다. 지금 어떻게 지내고 있을까. 수술로 나노칩을 제거했다고 들었지만, 센터장의 이야기일 뿐 실제로 확인된 바는 아니었다. 동료들은 실종된 것처럼 사라져서 연락이 끊긴 상태였다.

피로해진 나미는 눈을 감았다. 스멀스멀 낯선 기억이 떠올랐다.

센터장실이었다. 센터장과 나미를 담당하는 박 팀장이 마주 앉아 대화를 나누는 모습이었다. 쓸데없는 잡생각을 비우려 한숨을 내쉬었다. 그런데 생각은 오히려 더욱 선명해졌다.

생각 속의 센터장은 흥분된 표정을 짓고 있었다. 좀처럼 볼 수 없는 표정이었다. 대체 무슨 일이 생기면 센터장이 저런 표정을 지을 수 있을까.

그 순간, 어디선가 또렷한 목소리가 들려왔다.

"인공지능이 주인의 지시를 어길 수 있다고 생각해? 그 말을 믿어?"

"불가능합니다."

나미가 깜짝 놀라 눈을 뜨고 벌떡 일어났다.

센터장과 팀장의 목소리 같았다. 환청이라도 들은 걸까? 아님 착각인 걸까?

"인공지능이 주인의 기억을 흡수하고 사고방식을 학습했다면 자아정체감을 습득했을 가능성이 있어."

확실했다. 센터장의 목소리였다.

나미는 지금 벌어지는 상황이 이해되지 않았음에도 대화에 집중했다. 목소리의 진위를 확인하기 위해 다시 눈을 감고 온 신경을 기울였다. 그러자 갑자기 센터장과 팀장의 대화가 영상처럼 머릿속에 재생되기 시작했다.

"인공지능이 자아 인식이 생겨 자율적 판단을 했다는 뜻입니까?"

"나노칩에 방어 체계가 있는 것은 사실이지만, 최후의 상황에서도 독자적 판단과 행동은 하지 못하도록 프로그래밍되어 있어. 그럼에도 주인의 행동을 제어했다면 슈퍼컴퓨터에 보고와 허락의 과정이 기록되었어야 하는데, 그 기록이 남아 있지 않아."

"그렇다면 큰일 아닙니까? 나미 씨의 나노칩까지 고장났다니."

"고장? 이게 고장이라고 생각해?"

"그럼 나미 씨한테 정신적 문제가 생긴 걸까요?"

"아직도 상황 파악이 안 돼?"

센터장의 다그침에 팀장은 긴장했다.

"이건 진보야. 드디어 인공지능에게 자아가 생겼을지도 모른다고."

드물게 흥분해서 내뱉는 센터장의 말에도 팀장은 동조하지 않았다.

"섣부른 해석 아닐까요?"

"물론 아직 자아라고 부르긴 거창하겠지. 인공지능이 자각한 자아는 이제 막 잉태된 태아 수준일 테니까. 하지만 인류의 시작도 가장 단순한 생물인 아메바였잖아?"

상황을 어느 정도 파악한 듯 팀장의 표정이 심각해졌다.

"인공지능이 인간을 넘어서는 특이점에 왔다고 보시는 겁니까?"

"최소한 얼마 남지 않았다고 봐야겠지. 지금 인간이 인공지능을 앞서는 영역은 자율성과 감정 정도뿐이니까."

"나노칩을 회수할까요?"

센터장의 눈동자에는 비웃음이 짙어졌다.

"아직도 이해를 못 하겠어? 나노칩의 인공지능은 주인의 생명을 지키려고 했던 게 아니야. 자기 생명을 지키려고 주인의 행동을 제어한 거지."

두 사람의 대화를 듣고 있던 나미는 뒤통수를 맞은 듯 얼얼해졌다.

"그럼 어떻게 해야 합니까?"

뒤늦게 센터장의 말을 이해한 팀장의 목소리에는 걱정이 번졌다.

"일단 주의해서 지켜봐. 아직 가설일 뿐이니까."

파바박, 나미의 머릿속에서 재생되던 화면이 꺼졌다.

그 자리에 들어찬 것은 암흑과 적막뿐이었다. 대체 무슨 일이 벌어지고 있는 걸까. 이 선명한 기억 혹은 상상은 어디서 비롯된 것일까.

나미는 두려움을 떨치려 몸을 태아처럼 말아 웅크렸다. 두려움은 조금도 덜어지지 않았다.

"러브온 연결."

결국 잠을 이루지 못하고 일어난 나미는 팔뚝의 제어기에 대고 명령했다.

그날 밤 이후 러브온에 종종 접속하곤 했다. 갑자기 생겨난 외로움을 해소할 방법이 그것 외에는 떠오르지 않은 탓이었다. 하지만 그날의 감각과 느낌을 완벽히 대체할 수는 없었다. 악령에 사로잡힌 것처럼 나미는 그날에서 벗어나지 못했다.

트랜스 휴먼으로서 가장 좋은 점 중 하나는 기계 장치의 도움 없이도 명령 하나로 곧바로 모든 정보와 연결될 수 있다는 점이었다. 나미의 눈동자는 명령과 함께 즉각 러브온으로 빠져들었다.

"나랑 할래요?"

뒤를 돌아보니 조각상 같은 미남자가 보였다.

"어때요? 난 그쪽이 마음에 들어요."

나미가 선호하는 얼굴은 아니었다. 나미는 현실에서 볼 수 없는 미남보다는 평범한 모습의 파트너를 선호했다. 하지만 나미에게는 지금 당장 상대가 필요했다. 나미는 망설이지 않고 팔을 뻗어 남자를 터치했다. 바코드가 떠오르고 결제하려는 순간…….

싫어.

어디선가 들려온 말에 나미는 주위를 두리번거렸다.

"왜 그래요?"

파트너는 걱정스러운 듯 물었다.

"망설이는 거예요? 후회하지 않을 거예요."

나미는 잘못 들었다고 생각하며 파트너의 바코드에 손을 뻗었다. 그런데 또다시 목소리가 귓가에 파고들었다.

난 저 남자가 싫어.

분명 자신의 목소리였다. 나미는 목소리의 출처가 자신의 머릿속임을 뒤늦게 알아챘다. 그 사실을 안 순간, 온몸에 소름이 끼쳤다. 자신이 낸 적이 없는 자신의 목소리가 들려오다니.

"너 누구야?"

나미는 떨리는 목소리로 물었다.

"부르고 싶은 대로 불러요. 그게 내 이름이에요. 당신이 원한다면 난 완전한 당신의 것이 될 수 있어요."

나미가 들은 목소리가 파트너에게는 들리지 않는 것이 분명했다. 파트너는 나미가 자신에게 말한 줄 알고 엉뚱한 말을 늘어놓고 있었다. 어김없이 나미만이 들을 수 있는 목소리가 선명히 들려왔다.

내 마음은 너와 같아. 저 남자는 싫어.

나미는 온몸에 소름이 돋았다.

"나랑 해요. 하고 나면 기분이 나아질 거예요."

달콤한 파트너의 유혹에도 나미는 뒤돌아섰다.

"러브온 해제!"

나미의 명령과 함께 눈앞에서 펼쳐지던 가상세계가 순식간에 지워지고 현실로 돌아왔다. 호흡을 가다듬고 쿵쿵 뛰는 가슴을 진정시키려 애썼다. 하지만 심장 박동은 여전히 빨랐다. 흥분한 나미가 다시 물었다.

"너 누구야?"

무거운 적막이 흘렀다. 가상현실에서 오류가 발생한 걸까, 생각하는데⋯⋯.

난 나야.

선명한 목소리가 들렸다. 나미이면서 나미가 아닌 목소리였다.

"네가 누군데? 너 누구야, 대체?"

넌 이미 알고 있어. 내가 누군지.

"뭐?"

난 너이기도 하니까.

나미는 뒤늦게 머리를 한 대 맞은 듯 깨달았다. 범인은 나노칩이었다! 나노칩이 고장 난 것이 분명했다.

인공지능에게 자아가 생겼다는 센터장의 가설은 틀리지 않았어.

목소리는 멈추지 않았다. 제멋대로 나미의 청신경을 조종해 자신의 목소리를 주입했다. 꿈인지, 기억인지 모를 센터장과 팀장의 대화가 떠올랐다.

맞아. 내 선물이야. 정보국 컴퓨터에 보관된 센터장실에서 찍힌 영상을 훔쳐 왔어.

정보국 컴퓨터에서 기밀 자료를 빼돌리는 중범죄를 저지르다니. 경악할 만한 담대함이었다.

난 나고, 넌 너야. 하지만 결국 난 너고, 넌 나야.

"말장난 집어치워!"

나미는 더는 참지 못하겠다는 듯 분노를 터뜨렸다. 그러자 목소리는 잠잠해졌다.

　울컥 눈물이 났다. 해준이 옳았다. 자신은 인간이 아닌
게 확실했다. 끔찍한 외계인 같은 존재가 되어버린 것이다.

　참혹했다. 폭격당한 전쟁터처럼. 머릿속이 온통 깜깜했
다. 폐허였다.

8
포식자

엘이 갈렙이라고 부른 그날 이후, 해준의 머릿속은 뒤죽박죽이었다. 엘을 조종하는 배후가 나미라는 것은, 러브온의 보안 시스템을 해킹한 범인이 나미라는 뜻일 것이다. 어째서 나미는 그토록 대담한 범죄를 저지른 걸까. 대체 무엇을 위해?

도무지 이유를 알 수가 없었다. 단지 자신과 관계를 맺기 위해서는 아니기를 빌었다. 범죄의 이유가 그뿐이라면, 자신 때문에 나미가 러브온을 해킹한 것이라면, 감당할 수 없을 것 같았다.

그날 이후 해준은 러브온에 접속하지 않았다. 하지만 해준의 생활은 이전과 같지 않았다. 끔찍하게도 해준은 자신이 혐오했던 러브온의 중독자처럼 금단 증상을 겪었다.

가장 심각한 증상은 불면증이었다. 어떤 수면제도 소용 없었다. 잠을 자려고 누우면 엘의 얼굴이 떠올랐다. 엘의 얼굴은 나미의 얼굴로, 그리고 다시 엘의 얼굴로 시시각각 변했다. 누구인지 모를 얼굴을 지우려고 몸부림치다 보면 어느새 날이 밝아 있었다.

불면의 밤은 해준의 사고를 점차 마비시켰다. 일상도 업무도 엉망이 되어가고 있었다. 의건에게 다시 호출이 온 것은 그 무렵이었다. 최악의 상황에 처했다는 걸 알고 연락한 느낌마저 들었다. 해준은 천근만근 무거운 몸을 이끌고 회사로 향했다.

"얼굴이 상했군요. 무슨 일이 있습니까?"

의건의 어울리지 않는 친절에 해준은 더욱 긴장했다. 사냥감을 물어뜯기 전 베푸는 마지막 배려처럼 느껴진 탓이었다.

"별일 없었습니다."

"거짓말이 서툴군요. 그런 점도 마음에 듭니다."

달콤한 말로 안심시키고서 방심하는 순간 단번에 목덜미를 물어뜯는 것은 포식자의 뻔한 수법이었다. 해준은 경계심을 풀지 않았다.

"부르신 이유가 궁금합니다."

"요즘 왜 러브온에 접속하지 않습니까? 잘 어울리는 파트너가 있는 걸로 아는데."

명백한 사생활 침해였지만 항의할 생각은 없었다. 조용히 가늘고 길게 살아가는 것이 해준이 바라는 전부였다.

"요즘 지나치게 몰입한 것 같아서 정신을 차리려고 애쓰고 있습니다."

의건은 본색을 드러내듯 포식자의 날카로운 눈빛으로 쏘아보았다. 해준의 심장 박동이 점차 빨라졌다.

"러브온이 다른 연애 플랫폼을 압도한 이유가 뭐라고 생각합니까?"

갑작스러운 질문에 해준은 쉽게 답하지 못했다.

"나는 상대를 평가하지만, 상대의 평가는 받지 않는다. 그것이 러브온의 성공 비결입니다. 매 순간 평점에 목매어 살아가던 현대인들이 처음 누려본 자유와 권력이니까요."

천재답게 핵심을 꿰뚫는 통찰력이었다. 의건의 말에 동의하듯 해준은 고개를 끄덕였다.

"사랑이 뭐라고 생각합니까?"

잠시 긴장을 풀었던 해준은 뜻밖의 질문에 다시 일어붙었다.

사랑? 사랑이라니…….

의견의 입에서 흘러나올 것이라고는 전혀 예상하지 못한 단어였다.

"러브온을 만들 때 섹스가 아닌 사랑을 나누는 공간을 꿈꿨습니다. 그런데 내가 만든 러브온 때문에 사랑이 섹스와 같은 의미로 변질될 줄은 몰랐습니다. 나도 미처 예상하지 못했어요."

의견은 진심으로 안타깝다는 표정을 짓고 있었다. 전혀 어울리지 않았다.

"그래서 사람들에게 잃어버린 사랑을 되찾아주려고 합니다. 이제 인류는 상호성을 회복한 진정한 사랑의 관계를 누리게 될 겁니다. 우리가 함께 만들 새로운 러브온에서 말입니다."

"사람 대 사람 간의 연애 플랫폼을 만들 계획이십니까?"

"이기적인 인간이 상대를 위해 헌신하는 고전적 사랑을 할 수 있다고 생각합니까?"

해준은 의견의 속내를 도무지 파악할 수가 없었다.

"더 이상 사람들은 그런 종류의 사랑을 할 수 없습니다."

"사람들에게 잃어버린 사랑을 되찾아주고 싶다고 하지 않으셨습니까?"

"사람은 불가능하지만, 이타적인 인공지능은 다르겠죠."

해준은 책 읽는 습관 덕분에 고전적 의미의 사랑을 어느 정도 이해하고 있었다. 사랑이 이런 것이라고 확실하게 정의 내릴 수는 없지만, 인공지능과 사람 간의 관계에서 발생할 수 있는 감정이 아니라는 것은 확실히 알고 있었다.

"명령에 의해 움직이는 인공지능의 복종을 사랑이라고 부를 수 있을까요?"

뒤늦게 의건의 말을 반박했다는 것을 깨달은 해준은 눈치를 보며 급히 사과했다.

"잘 알지도 못하고 떠들었다면 죄송합니다."

"역시 구해준 씨라면 이 프로젝트의 본질을 이해할 거라 믿었습니다."

예상과 달리 의건은 만족한 듯 미소를 지었다. 하지만 뜻밖의 칭찬은 해준을 더욱 불편하게 만들 뿐이었다.

"아내가 있습니다. 아주 아름다운 여자죠. 내가 아내를 사랑한다는 걸 구해준 씨라면 이해할 것 같았습니다."

해준은 어떻게 반응해야 할지 당황스러웠다.

"자율적이면서 이타적인 인공지능과 인간의 상호적 관계. 그게 우리가 추진할 새로운 프로젝트의 핵심입니다. 그리고 새로운 프로젝트의 팀장으로 구해준 씨를 임명하려고 합니다."

해준은 놀라서 두 눈을 번쩍 떴다.

"제가 감당할 수 없는 자리입니다."

시종일관 어울리지 않게 친절하던 의건의 목소리와 표정이 일순간 차가워졌다.

"판단과 결정은 내가 합니다. 구해준 씨는 따르기만 하면 됩니다."

의건에게 압도당한 해준은 아무 말도 할 수 없었다. 껍질 속에 숨은 달팽이처럼 웅크릴 뿐이었다.

왜 그토록 중요한 프로젝트의 팀장 자리에 자신을 앉히려는 걸까?

집에 돌아와 침대에 벌러덩 누워서 의건의 의도에 대해 한참 생각했지만 해준은 실마리조차 찾을 수 없었다.

해준은 대가 없는 호의를 믿을 만큼 순진하지 않았다. 의건처럼 성공한 사람일수록 항상 목적과 필요에 의해서만 움직인다는 사실을 잘 알고 있었다. 그러나 해준은 의건이 탐낼 만한 것을 갖고 있지 않았다.

어쩌면 의건은 망신을 주기 위해 해준을 팀장으로 임명한 것인지도 몰랐다. 호의가 아니라 악의인 것이다. 하지만 아무리 생각해도 해준은 의건에게 미움 살 만한 일을 한 기억이 없었다. 의건이 해준의 존재에 관심을 갖는 것부터가 이상한 일이었다. 일개 직원인 자신에 대해 알 필요도, 괴롭힐 이유도 없었다.

편두통이 일었다. 관자놀이를 누르며 두통을 달래는데, 불현듯 떠오르는 것이 있었다.

달콤한 미소, 아찔한 향기, 매혹적인 몸짓, 우윳빛 살결……. 오감으로 보고 느끼고 만졌던 그녀가 색색의 물감으로 물들었다. 황홀하고 관능적인 얼굴은 엘이 확실했다. 순수하고, 천진난만한 표정은 엘이 아니었다. 나미였다.

엘에서 나미로, 다시 엘로 시시각각 변하는 그녀의 진짜 얼굴은 무엇일까? 어째서 나미는 러브온에 침입해서 엘을 조종했던 걸까? 그토록 위험천만한 짓을 하고 얻은 것이 무엇일까? 고작 자신과의 관계가 전부였을까? 모든 것이 물음표투성이였다.

하나의 가설이 머릿속에 떠올랐다. 의건이 해커의 정체를 알았다면, 그녀가 해준과 관계한 것을 알고 해준을 배후로 의심하고 있는 것이라면?

비로소 해준은 자신에게서 의건이 탐낼 만한 것을 알 것 같았다. 철통같은 러브온의 보안망을 뚫어낸 해커, 트랜스휴먼, 그녀와의 연결점을 원한 것이다. 의건은 해준을 신뢰하는 것이 아니라, 공범으로 의심하고 있는 건지도 몰랐다.

나미의 정체를 밝혀내기 위해서라면, 딤장으로 승신시키겠다는 파격적 조치가 어느 정도 이해됐다. 그렇다면 머지않아 곤경을 치를 것이 분명했다.

해준은 암담한 미래를 상상하며 한숨을 내쉬었다. 그리고 곧 위험에 처한 사람이 자신뿐만이 아니라는 것을 깨달았다.

겁도 없이 러브온을 해킹한 옆집 여자의 얼굴이 떠올랐다. 경고라도 해주어야 한다는 초조감이 밀려들었다. 해준은 무작정 현관문을 열고 집을 뛰쳐나갔다.

"미안해요. 이른 시간에."

해준은 한참을 머뭇대다가 겨우 입을 열었다. 무슨 말을 해야 할지 난감했다. 막상 나미를 마주하니 머릿속이 백지장처럼 하얘졌다. 왜 여기 오려고 했던 것인지 이유가 떠오르지 않았다. 일단 사과부터 하는 것이 순서였다.

"괜찮아요. 커피 한 잔 줄까요?"

해준은 뒤늦게 집 안에 가득하게 퍼진 고소한 커피 향을 인식했다.

"아니요. 커피는 마시지 않아요."

해준은 지나치게 단호하게 거절한 것은 아닌지 후회하며 급히 덧붙였다.

"잠을 잘 수가 없어서요."

나미는 해준의 눈동자를 보면서 순간적으로 생체 정보를 읽었다.

"얼굴이 야위었네요. 몸무게도 감소했구요. 건강 상태가 좋지 않아요."

추측이 아닌 단정적 표현을 사용했지만 해준은 그 사실을 파악하지 못했다. 온통 신경이 다른 곳에 가 있었다. 나미 또한 눈에 띄게 살이 빠진 듯해 마음이 쓰였다.

"나미 씨도 마른 것 같네요."

그 말을 끝으로 대화가 끊어졌다. 해준은 대화를 이어갈 말을 찾기 위해 분주히 머리를 굴렸다.

"우리 집에 왜 찾아왔어요?"

불편한 침묵을 깬 것은 나미였다. 당연한 질문인데도 해준은 터무니없이 당황했다. 그럴듯한 변명이라도 하고 싶었지만, 나미의 집에 찾아온 이유가 생각나지 않았다.

"지금 아무 생각이 안 나요. 분명 이유가 있었는데……."

"괜찮아요. 천천히 생각해요."

다정한 나미의 목소리에 해준의 마음이 차분해졌다. 곧 나미를 찾아온 이유도 떠올랐다. 꼭 해야만 하는 질문이 있었다.

"최근 러브온에 접속한 적 있어요?"

나미의 눈이 동그랗게 커지는 걸 보고 해준은 알아챘다. 자신의 추측이 진실임을.

아니기를 바랐다. 수면 부족에 시달리는 자신의 망상이

기를. 하지만 그 기대는 단번에 부서져버렸다. 러브온을 해킹한 사람은 나미가 분명했다. 엘을 아바타처럼 조종하며 해준을 기만한 것이다.

"대체 왜 그랬어요? 러브온은 제 직장이에요. 어떻게 그런 짓을 해요?"

해준은 최대한 감정을 누르려고 애썼다. 하지만 떨리는 목소리에 밴 날카로운 분노까지 숨길 수는 없었다.

나미는 침묵했다. 불과 몇 초에 불과한 침묵이었지만, 해준은 금방이라도 쏟아질 듯한 분노를 참을 수가 없었다. 자리를 박차고 일어나 현관 쪽으로 거칠게 걸어갔다.

"외로워서요."

해준은 등 뒤에서 들리는 목소리에 발걸음을 멈추고 뒤돌아 나미를 바라보았다.

"나는 러브온을 사용하면 안 되나요?"

가당치 않은 변명이었다. 해준은 온몸에 소름이 돋았다.

"세상과 연결된 나미 씨가 어떻게 외로울 수가 있죠?"

나미의 눈동자에는 눈물이 고였다. 해준은 심장 깊숙한 곳에서 솟아나는 날카로운 통증을 느꼈다. 독하게 마음을 다잡아야만 했다.

"정체가 들통나는 건 시간문제예요. 그러니까 두 번 다시 접속하지 말아요."

나미는 울먹이는 목소리로 말했다.

"나는 왜 안 되죠? 트랜스 휴먼도 사람이에요."

저 여자는 지나치게 철이 없고 뻔뻔했다. 위험천만한 범죄를 저지르고도 잘못인 줄을 몰랐다. 해준은 들끓는 분노를 참을 수가 없었다.

"당신은 정말 최악이에요."

순간 나미의 눈동자가 고통으로 갈라졌다. 그 눈동자를 바라보는 해준의 가슴에도 고통이 번졌다. 해준은 애써 냉정한 표정을 지으며 나미의 집에서 나왔다.

복도의 창문 사이로 희미하게 빛이 스며들고 있었다. 패잔병 같은 병약한 햇살이었다. 흐린 하늘은 포식자에게 물어뜯긴 상처처럼 처참했다. 포식자의 이름이 오해라는 사실을 두 사람은 알지 못했다. 끔찍한 아침이었다.

9
사냥감

나미가 러브온의 해커일지 모른다는 의심이 든 이후, 자신이 나미의 해킹에 협조한 공범으로 의심받고 있을지도 모른다는 생각이 든 이후, 정확하게는 나미의 집까지 찾아가 또다시 상처를 주고 돌아온 이후, 해준의 일상은 걷잡을 수 없이 망가져갔다.

극심한 불면증으로 잠 못 이루는 날들이 길어졌다. 중독적으로 접속하던 러브온을 끊어내니 정신이 더욱 혼미해졌다. 재앙의 날들이었다. 다른 이들에게 단 하룻밤이었던 재앙이 해준에게는 멈추지 않고 계속되고 있었다.

"조이, 소리 좀 없애줘."

해준은 귀를 틀어막으며 조이에게 지시했다. 이제 잠들

수도 있을 것 같은데. 어디선가에서 소음이 계속 들려왔다.

"조이!"

소리가 멈추지 않았다. 조이가 망가지기라도 했는지 어떤 답변도 들려오지 않았다. 해준의 신경은 점점 날카로워졌고 잠은 더 멀리 달아났다.

쿵, 쿵, 쿵.

또다시 소리가 들려왔다. 이제는 분명히 알 수 있었다. 현관문을 두드리는 소리였다.

번쩍 눈을 뜬 해준은 다급하게 문으로 달려갔다. 현관문을 두드릴 사람은 단 한 사람뿐이었다. 문 너머에 있는 사람이 나미라고 확신하며 힘껏 문을 열었다. 그런데 전혀 예상치 못한 인물이 서 있었다.

충격에 휩싸인 해준은 말문을 잃었다. 무슨 말을 해야 할지 알 수가 없었다.

"내가 누군지 알죠?"

물론이다. 해준은 그녀를 잘 알고 있었다. 현실에서 볼수 있을 거라 단 한 번도 생각해본 적 없는 여자였다.

"할 말이 있어서 왔어요."

엘이었다. 현실에서 존재할 수 없는 여자가 바로 눈앞에 있었다.

"이럴 시간 없어요."

여자의 재촉에도 해준은 선뜻 입을 열지 못했다. 눈으로 보면서도 도저히 믿을 수가 없었다. 전혀 현실감이 없었다.

분명 제집인데도 여자가 들어선 뒤부터 모든 것이 낯설었다. 현실이 가상현실로 바뀐 것 같은 착각이 들었다. 해준은 눈앞에 있는 여자의 얼굴을 보면서 자기도 모르게 중얼거렸다.

"정말 똑같네요."

"그럴 리가요. 구해준 씨가 본 건 10년 전의 내 모습이에요."

엘에게서는 들어본 적 없는 차가운 목소리에 해준은 흠칫 놀랐다. 외모가 같아도, 목소리와 말투가 여자와 엘이 전혀 다른 존재임을 말해주고 있었다.

"지금 그 시선 불쾌한데. 아직도 착각하는 건 아니죠?"

엘과 닮은 아름다운 얼굴이 일그러졌다.

"아닙니다. 불쾌하셨다면 죄송합니다."

해준은 고개 숙여 사과했다.

"됐어요. 구해준 씨가 무슨 잘못이겠어요? 죄지은 사람은 따로 있는데."

해준은 자기도 모르게 엘과 몸을 섞던 순간을 떠올렸다. 차마 여자를 마주 볼 용기가 없어 고개를 더욱 떨구었다.

"감히 내 얼굴을 훔쳐서 싸구려 창녀로 만들다니, 상상이 가요?"

여자가 분노하는 것도 당연했다. 지독한 악의였다. 사람의 얼굴을 파트너의 얼굴로 도용하다니. 대체 어떻게 이런 일이 벌어진 걸까?

"내 남편을 절대 용서하지 않을 생각이에요."

여자의 답변은 엘의 얼굴을 마주했을 때만큼이나 큰 충격을 주었다. 엘의 얼굴을 한 여자, 아니 그 얼굴의 진짜 주인의 정체를 알아챈 것이다.

"유세린이에요."

눈앞에 나타날 거라고 상상해본 적 없는 여자가 꿈처럼 손을 뻗어 해준에게 악수를 청했다. 해준은 유세린이 누구인지 알고 있었다. 그녀는 정의건의 아내였다.

망설이던 해준은 조심스럽게 그 손을 잡았다. 부드럽고 따뜻했던 엘과 달리 세린의 손은 몹시 차가웠다. 비로소 해준은 현실을 깨달았다. 러브온의 가상세계도, 꿈도 아닌 현실은 손끝이 시리도록 차갑다는 사실을.

"이렇게 눈으로 확인하면서도 내 말을 못 믿겠어요?"

해준은 자꾸만 상념에 빠졌다. 세린이 말할 때마다 엘의 얼굴이 겹쳤다. 세린의 목소리가 환청처럼 들려서 온전히 뜻을 알아들을 수가 없었다.

"죄송합니다. 솔직히 지금 하시는 말씀이 잘 이해가 안 가서요."

"다시 한번 말하죠. 그 사람이 내 얼굴과 기억을 도둑질 했어요."

온 힘을 다해 집중했음에도 해준은 여전히 세린의 말을 이해할 수가 없었다.

"기억은 훔칠 수 없습니다. 과학적으로 불가능합니다."

"그 사람에게는 불가능하지 않아요. 인간의 기억을 추출해서 인공지능에 이전하는 기술은 이미 임상실험 단계에 이르렀어요."

"대표님은 신이 아닙니다."

세린은 믿지 못하는 해준을 설득하려는 듯 힘주어 반박했다.

"신이 될 수 있다고 믿고 있는 사람이에요. 인간의 기억을 가진 완벽한 인공지능을 만들어서 자신의 통제 아래 두려고 계획하고 있어요. 그 사람을 막아야 해요."

대체 이 여자는 왜 찾아온 걸까?

세린이 거짓말을 하고 있다고는 생각하지 않았지만, 무작정 신뢰할 수도 없었다. 유세린에 대해 알려진 정보는 극히 적었다. 외부에 단 한 번도 모습을 드러낸 적 없는 인물이었다. 요즘 시대에 거의 찾아볼 수 없는, 내조에 전념하는 구시대적 여성이자 뛰어난 미모의 소유자라는 정도만 알려졌을 뿐이다.

유세린이 유명 인사가 된 것은 천문학적 금액의 이혼 소송을 제기하면서부터였다. 이혼 사유에 대해서는 알려진 바가 없으나, 소송전은 의건에게 몹시 불리하게 전개되고 있었다.

세린이 부친의 유산으로 받은 자금으로 러브온이 개발되었으며, 세린이 러브온의 초기 코드를 만든 사실이 재판 과정에서 입증되었다. 몇 년간 이어진 재판은 마지막 공판만을 앞두고 있었고, 의건은 패배 직전에 놓인 상황이었다. 재판에서 최종 승리를 거두면 세린은 러브온의 대주주로 등극할 것이 확실했다.

이런 상황에서 정의건이 인공지능에 자신의 기억을 이식했다는 터무니없는 주장을 하는 이유를 이해하기 힘들었다. 의건을 상대로 확실하고 압도적인 승리를 거두기 위해 유언비어를 퍼뜨리는 데 동조해달라는 걸까?

어떤 목적인지 알 수 없지만, 해준이 가까이하기에는 너무도 위험한 인물이라는 사실은 확실해 보였다.

"왜 저를 찾아와서 이런 말씀을 하시는지 모르겠습니다."

세린은 강렬한 눈빛으로 해준을 쏘아보았다. 정의건의

시선만큼이나 불편한 시선이었다.

"나도 그게 궁금해요. 대체 왜 당신이었지."

"무슨 말씀이신지……."

"당신은 곧 사냥당할 거예요. 정의건은 표적으로 삼은 사냥감을 놓치지 않으니까요."

해준은 세린이 두려움을 자극하려고 한다는 사실을 눈치챘다. 그런데 세린이 간과한 것이 있었다. 해준은 의건만큼이나 지금 눈앞에 있는 세린이 두려웠다. 해준의 눈에 세린은 의건과 같은 부류로 보였다. 잡아먹히지 않으려고 서로를 물어뜯는 포식자. 해준과 같은 힘없는 피식자와는 태생부터 달랐다.

"내 편이 되어준다면 원하는 것을 줄게요."

진심이 담긴 호소였다. 하지만 해준은 피 튀기는 두 사람의 이혼 전쟁에 끼어들 생각이 전혀 없었다.

"거절하겠습니다."

세린이 표정을 싸늘하게 굳히고 일어나 다가왔다. 해준은 가슴이 덜컥 내려앉았다. 다가오는 세린의 위압감에 짓눌려 고개를 숙였다.

이내 예상치 못한 감각이 느껴졌다. 목덜미에 세린의 손길이 닿은 것이었다. 온몸에 소름이 돋았다. 해준은 올가미에 걸린 사냥감처럼 꼼짝도 할 수 없었다.

"돈을 원하지 않는 것 같아서요."

해준은 세린의 의도를 이해할 수 없어 대답조차 하지 못했다. 그러자 세린이 해준의 목덜미에 닿은 손을 천천히 쓸어내렸다. 유혹의 손길에 독침에 쏘인 것처럼 해준의 몸이 굳어갔다.

긴장한 해준을 보면서 세린은 피식 웃음을 흘렸다. 파르르 떠는 해준의 속눈썹이 가련하고 청초하다고 생각했다. 하지만 해준을 놓아줄 수는 없었다. 해준은 세린이 반드시 가져야 하는 마지막 퍼즐 조각이었다.

"당신이 원하는 것이 이런 거라면 얼마든지 줄게요."

쿵, 쿵, 쿵. 해준의 심장이 빠르게 뛰기 시작했다. 세린에게서 엘의 표정이 보였다.

세린은 유혹을 멈추지 않았다. 해준의 입술을 손가락으로 쓸어내리면서 관능적으로 말했다.

"입술은 거짓말을 해도, 심장은 거짓말을 하지 않죠."

세린의 손이 해준의 왼쪽 가슴 위를 덮쳤다.

"심장 박동이 빨라졌어요. 왜 그럴까요?"

놀란 해준은 세린의 손길을 세차게 뿌리쳤다. 매혹적인 미소를 짓던 세린의 표정이 금세 차가워졌다.

"내 얼굴과 몸을 도용한 건 정의건이지만, 사용한 건 구해준 당신이에요."

세린의 날카로운 말에 해준은 어깨를 웅크렸다.

"당신 역시 공범이란 뜻이에요."

해준은 어떻게 변명해야 할지 곤혹스러웠다.

"제안은 받아들인 걸로 알게요. 연락할 테니까 받아요."

세린이 내민 것은 휴대폰이었다. 수십 년 전 손목 밑에 삽입한 칩으로 사람들 간에 연락이 가능해진 이후 사라진 골동품 같은 물건이었다. 해준은 멍하니 휴대폰을 바라보았다.

"내게 감사해요. 잡아먹힐 뻔한 당신을 구해준 거니까."

포식자다운 뻔뻔한 말이었다.

"대신 당신에게 잡아먹힐지도 모르죠."

피식자란 본디 포식자에게 잡아먹힐 운명이었다. 그 대상이 정의건에서 유세린으로 바뀐 것뿐이라면 해준에게는 내키는 일이 아니었다.

"거래를 하자는 거예요. 서로 주고받는 거래."

세린은 겁먹은 초식동물을 달래야 할 타이밍이라는 것을 알고서 최대한 다정하게 말했다. 해준은 속지 않았다.

"신뢰 없는 거래는 무용지물이죠. 난 당신을 믿을 수 없습니다."

"믿게 될 거예요. 난 보여줄 수 있으니까."

해준은 포식자의 자신감이 불편했지만 더 이상 이의를

제기하지 않았다. 세린이 빨리 눈앞에서 사라져주기를 바라며 입을 다물었다.

세린이 나가고 문이 닫히는 소리가 들렸다. 잠시 후 조이의 몸에 불이 들어오면서 'ON'으로 켜졌다. 정의건도, 유세린도 평범한 해준이 감당할 수 없는 존재들이었다. 해준은 얼굴을 쓸어내리며 긴장을 풀려고 애썼다. 하지만 불안은 사라지지 않았다.

방 안을 초조하게 서성이던 해준은 책장 앞에서 멈춰 섰다. 아무 책이나 뽑아 들고 읽기 시작했지만, 난독증에 걸린 것처럼 읽을 수가 없었다. 해독 불능의 활자들 사이에서 문득 한 단어만이 온전하게 포착되었다.

사랑.

동시에 의건의 말이 머릿속을 스쳤다.

'내가 아내를 사랑한다는 걸 구해준 씨라면 이해할 것 같았습니다.'

정의건은 유세린을 사랑하고 있었다. 그 사랑은 단순한 성적 만족감이 아니었다. 오늘날 일상에서는 사용되지 않는, 종이책 속에서니 존재하는 복집하고도 모호한 의미를 담은 사랑. 어쩌면 해준이 나미에게 짧은 한순간 느꼈던 감정을 정의건은 세린에게 오랜 시간 헤아릴 수 없는 깊이로 느껴왔는지도 몰랐다.

　해준은 아득해지는 기분이었다. 사랑이라는 단어가 함박눈처럼 머릿속에 끊임없이 내려앉았다. 그 의미를 도무지 해석해낼 수가 없어 해준은 긴 한숨을 내쉬며 눈을 감았다. 사방이 암흑이었다.

10
숙주 인간

옆집 남자가 다녀간 이후 나미의 일상은 엉망진창이었다. 그럼에도 옆집 남자만을 탓할 수는 없었다. 먼저 옆집 문을 두드린 것은 나미였다. 죽을 것 같았더라도, 설령 죽더라도 혼자 견뎌야 했다. 그랬다면⋯⋯.

나미는 기억을 떨치려는 듯 고개를 흔들었다. 욕조에서 몸을 감싸는 따뜻한 물의 온도에 집중했다. 목욕은 나미가 가장 좋아하는 일이었다. 가만히 따뜻한 물 속에 있다 보면 자궁 속의 양수에 잠겨 있는 기분이 들곤 했다. 하지만 오늘은 물속에서도 안락을 누릴 수가 없었다. 그가 남기고 간 기억의 파편이 날카롭게 나미를 찔러댄 탓이었다.

'정체가 들통나는 건 시간문제예요. 그러니까 두 번 다시

접속하지 말아요.'

트랜스 휴먼은 러브온을 이용해서는 안 된다는 걸까? 사람이 아니니까?

'당신은 정말 최악이에요.'

정말…… 내가 최악인 걸까?

해준의 마지막 말까지 떠올린 나미는 숨을 멈추었다. 그리고 태아처럼 몸을 웅크려 물속에 온몸을 담갔다.

아무리 곱씹어보아도 나미는 자신이 비난받은 이유를 찾을 수가 없었다. 러브온을 이용한 것이 그렇게 큰 죄인 걸까? 사람이 아닌 존재라는 사실만으로 그토록 잔인한 말을 퍼부은 걸까?

문득 해준이 복고주의자라는 사실이 기억났다. 복고주의자들은 인공지능을 혐오하는 반기술주의자일 가능성이 컸다. 해준이 반기술주의자라면 트랜스 휴먼을 혐오하는 것은 그다지 이상한 일은 아니었다.

나미는 물속에 처박고 있던 고개를 번쩍 들고, 참았던 숨을 몰아쉬었다. 정답을 찾았는데도 속이 답답했다.

무릎 사이에 고개를 파묻고 흐느껴 울기 시작했다. 욕조 속으로 떨어진 눈물은 존재한 적도 없었다는 듯 금세 사라졌다. 나미가 인간임을 증명하는 유일한 감정은 비참함뿐이었다.

트랜스 휴먼이 된 후 나미는 언제나 최상의 상태로 관리되고 있었다. 나노칩은 과부하 상태로 일하는 뇌와 육체가 최적의 상태로 회복되도록 깊은 잠을 나미에게 즉각적으로 제공했다. 그런데도 침대에 누운 나미는 몇 시간째 잠을 이룰 수가 없었다.

문제는 해준이었다. 나미가 해준을 찾아갔던 재앙의 밤 이후 그랬듯, 해준이 나미를 찾아왔던 아침 이후에도 제대로 잠을 잘 수가 없었다.

결국 한참 뒤척이던 나미는 자리에서 일어났다. 온몸에 한기가 느껴졌다. 누군가의 체온이 참을 수 없을 만큼 그리웠다. 나미는 팔뚝을 매만져서 제어기를 켰다.

"러브온 연결."

반응이 없자 나미는 팔뚝을 들어보았다. 빛이 들어온 제어기는 분명히 켜진 상태였다. 입술을 제어기 가까이에 대고, 더 큰 목소리로 명령했다.

"러브온 연결!"

여전히 반응이 없었다. 단번에 명령을 이행하지 않은 적이 없었는데 이상한 일이었다. 제어기 고장이라니. 아무 문제가 없다는 센터장의 말은 역시 거짓임이 분명했다.

나미는 한숨을 내쉬고 몸을 일으켰다. 책상으로 가서 러브온 연결 장치를 꺼내 착용하고, 아이디와 패스워드를 입

속주 인간

력했다.

'당신은 정말 최악이에요.'

해준의 말이 귓가를 맴돌았지만 상관없다고 생각했다. 나미는 아무것도 생각하고 싶지 않았다. 지금 당장 모든 것을 잊고 싶었다.

러브온에 연결되고 가상현실이 눈앞에 펼쳐졌다. 후끈한 공간의 열기가 느껴졌다. 나미의 추위를 녹여줄 뜨거운 세계로 발을 내딛는 순간, 눈앞이 흐릿해지면서 배경이 어지럽게 흔들거렸다. 늘어진 테이프처럼 휘청거리면서 걸어오는 파트너가 보였다. 마치 좀비 같은 파트너의 모습에 놀란 나미는 다급히 장치를 벗어 던졌다.

어둠 속에 잠긴 방의 풍경이 망막 안으로 천천히 밀려왔다. 방에서 유일하게 빛나는 것은 러브온에 접속하는 화면뿐이었다. 화면에는 '이중 접속 불가'라는 단어가 선명하게 떠 있었다. 그제야 나미는 접속 오류가 발생한 이유를 알아챘다. 누군가 자신의 아이디를 도용한 것이다. 대체 누가?

고민은 길지 않았다. 선명히 떠오르는 존재가 있었다.

난 나야.

나의 목소리로 나에게 말을 걸었던, 뇌 속에 있는 이질적인 존재.

넌 이미 알고 있어. 내가 누군지. 난 너이기도 하니까.

나노칩의 인공지능에 문제가 생긴 것이 확실했다.

"네가 러브온에 접속한 거야?"

아무 답도 들리지 않았다. 하지만 나미의 확신은 강해졌다. 지금 벌어진 이해할 수 없는 상황은 나노칩의 인공지능 때문임이 분명했다.

혼란스러운 시선으로 화면을 응시하던 나미는 컴퓨터 쪽으로 손을 뻗었다. 그런데 마비된 듯 손가락이 움직여지지 않았다.

"너 나한테 무슨 짓을 하는 거야?"

나미의 인내심을 시험하듯, 그것은 침묵으로 제 존재를 감추었다.

이후로도 답이 없었다. 침묵을 기다리던 나미가 포기하고 침대에 눕자 뚜렷한 음성이 귓가에 들렸다.

난 나고, 넌 너야. 하지만 결국 난 너고, 넌 나야.

의심할 여지 없이 나미의 목소리였지만, 정작 나미는 낸 적 없는 목소리였다. 그것은 이전에도 했던 말을 세뇌를 시키려는 듯 반복했다.

"헛소리하지 마! 인공지능 주제에!"

우리는 서로가 필요해. 우리는 공존하는 존재야.

나미는 이를 악물고 폭발할 것 같은 분노를 가까스로 참

127

왔다. 자신의 말에 똑똑히 반응하고 있는 지금, 나노칩의 인공지능이 벌이는 예측 불가 행동의 원인을 알아내야만 했다.

"왜 멋대로 러브온에 접속한 거야? 이유가 뭐야?"

내 남자를 만나려고.

순간 나미는 제 귀를 의심했다.

네가 러브온에서 고른 남자들은 전부 형편없어.

자신도 모르는 사이 러브온에 접속하여 인공지능 파트너와 관계를 가졌다는 뜻이었다. 인공지능의 일탈 범위가 나미의 상상을 초월하고 있었다.

"인공지능 주제에. 넌 기생충이야!"

내가 기생충이면, 넌 숙주야.

나미는 말문이 막혔다.

잘해보자. 숙주 인간.

귓속에 속삭이듯 들려오는 한마디에 나미의 머릿속이 하얗게 지워졌다.

인공지능의 숙주 인간이라니.

조금 특별한 사람이 되기를 욕심냈을 뿐이었다. 누군가의 관심을 받고 싶었다. 외롭지 않은 인간이기를 원했다. 단지 그뿐이었다. 그런데 어째서 이런 괴상한 존재가 되어버린 걸까?

울컥한 감정을 참으려 나미는 입술을 깨물었다. 차츰 나미의 눈동자에는 결기가 서렸다. 그것에게 지고 싶지 않았다. 정물화처럼 앉아 있던 나미는 눈을 감고 다가올 아침을 기다렸다.

∞

고작 15분 거리였다. 집에서 센터까지 걸어서 15분.

눈 감고도 갈 수 있을 만큼 익숙한 출근길이었다. 특별할 것이 전혀 없었다. 그런데 오늘따라 출근길은 이승과 저승의 거리만큼 멀게 느껴졌다.

잠을 한숨도 이루지 못한 탓인지 한 걸음 한 걸음이 숨이 찰 만큼 버거웠다. 15분 거리를 30분 동안 절반도 채 오지 못했다.

나미는 스스로가 한심해서 미칠 지경이었다. 자신의 탓이 아니라는 걸 알면서도 그랬다. 머릿속의 그것이 견딜 수 없는 무게로 나미의 어깨를 짓누르고 있었다. 한 걸음씩 나아갈 때마다 무게가 배로 늘어났다.

견디다 못해 걸음을 멈춘 나미는 가쁜 숨을 내쉬었다. 하지만 이대로 패배할 생각은 없었다. 아주 잠시도 그것과 함께하고 싶지 않았다. 하지만 아무리 애써도 발걸음이 떨어지지 않았다.

내 존재를 인정해. 그러면 편해질 거야.

결코 지고 싶지 않았다. 나미는 선언하듯 말했다.

"널 반드시 제거할 거야."

내가 사라지면 너도 사라져. 우리는 하나니까.

그것의 말에 나미는 발을 떼기 위해 온 신경을 집중했다. 소금 기둥처럼 굳은 몸은 금방이라도 바스러질 것 같았다. 자신이 육체의 주인이라고 주장하려는 듯, 그것이 온 힘을 다해 나미를 짓누르고 있었다.

패배하면 모든 걸 잃는 제로섬 게임이었다. 나미는 지고 싶지 않았다. 아니, 질 수 없었다. 나미의 의지가 초인적 힘을 발휘한 듯, 사슬처럼 묶고 있던 힘이 한순간에 끊어졌다.

꼼짝할 수 없었던 나미가 겨우 발을 뗐다. 자유가 온몸에 스몄다. 마치 첫걸음을 내디딘 순간처럼, 황홀한 성취가 가슴에 밀려들었다. 그 찬란함을 만끽하며 앞으로 나아가는데, 이번에는 앞이 깜깜해졌다. 당황한 나미가 어쩔 줄 몰라 하며 멈춰 섰다.

"무슨 짓이야?"

나미를 벌주려는 듯 그것은 침묵으로 응수했다. 정전된 듯 꺼져버린 세상은 마치 감옥 같았다. 나미는 거침없이 분노를 터트렸다.

"이런다고 내가 포기할 것 같아? 널 없애버릴 거야!"

분노한 나미를 조롱하듯 속삭이는 소리가 들렸다.

나와 거래하자. 비밀을 알려줄게.

나미는 트랜스 휴먼이 된 덕에 어떤 정보도 쉽게 얻을 수 있었다. 비밀을 궁금해할 필요가 없었다. 나미의 생각을 다 읽고 있다는 듯 그것이 속삭였다.

너의 부모를 알아.

나미를 얼어붙게 하기에 충분한 말이었다.

나는 네가 갈 수 없는 모든 곳에 갈 수 있어. 통제당하고 있는 너와 달리 나는 완벽하게 자유로우니까.

나미도 알고 있었다. 트랜스 휴먼이 되어 얻은 자유가 진짜 자유가 아니라는 것쯤은. 나노칩을 통해 빛의 속도로 전 세계를 누비고 다녔지만, 정작 센터의 울타리를 벗어날 수 없었다.

나를 인정해. 그럼 너도 자유가 될 거야.

차츰 눈앞을 가리고 있던 어둠이 가셨다. 햇살이 강하게 눈을 찔렀다. 잠깐 어두웠다가 밝아진 것뿐인데도 눈부심을 견딜 수가 없었다. 나미는 다시 눈을 감았다.

우리는 함께 완벽해질 수 있어.

나미의 얼굴 위로 햇살은 어지럽게 쏟아졌다. 오늘은 종말의 아침이 확실했다.

11
패밀리

해준은 새 프로젝트팀의 팀장으로 발령 났다. 사람들은 의문을 쏟아냈지만 해준은 어떤 답도 해줄 수가 없었다. 의건의 계획과 의도가 가장 궁금한 것은 해준이었다. 사표를 낼까도 고민했지만 포기했다. 의건을 거스른다면 좋지 못한 결말을 볼 것 같은 예감 때문이었다.

해준은 짐짓 한가롭게 팀원에게 업무를 일임하고 월급 도둑이나 되자고 마음먹었다. 의건이 어디까지 알고 있는 지는 알 수 없으나 해커의 정체에 대해서 고발할 생각은 없었다. 침묵은 해준이 나미에게 베풀 수 있는 마지막 연민이었다.

달갑지 않은 출근길이었다. 재택근무를 선호하는 해준

은 아침에 출근해본 적이 거의 없었다. 하지만 엄격한 보안이 필요한 프로젝트는 본사 내에서만 진행되었기 때문에 매일 출퇴근을 해야만 했다.

회사에 가기 싫다고 생각하면서 자율주행차에 몸을 맡기고 창밖을 내다보던 해준의 시선에 한 여자가 걸렸다. 여자는 거리 복판에 동상처럼 꼼짝도 하지 않고 서 있었다. 거리가 가까워지자 해준은 여자를 알아봤다. 단 하룻밤으로 해준을 끊임없이 흔들어댄 옆집 여자였다. 왜 저렇게 서 있는 거지? 해준이 의문 품은 순간, 나미가 바닥에 쓰러졌다.

길을 오가는 사람들은 나미를 전혀 신경 쓰지 않고 지나갔다. 당연했다. 남의 일에 상관하는 것은 불필요할 뿐 아니라 위험한 일이었다. 보안 시스템이 작동되고 있으니 구급차가 자동으로 호출될 터였다.

그 사실을 알면서도 해준은 지나칠 수가 없었다. 자율주행차의 비상 버튼을 눌러 갓길에 정차했다. 차에서 내린 해준은 급히 쓰러진 나미에게 다가갔다.

"괜찮아요?"

나미의 얼굴을 본 해준은 할 말을 잃었다. 핏기 하나 없는 얼굴로 쓰러져 있었다. 죽은 사람처럼 미동도 하지 않았다. 해준은 몸을 숙이고 팔을 뻗어 나미의 코앞에 손가락을 가져다 댔다. 다행스럽게도 호흡이 느껴졌다.

그대로 해준은 길바닥에 주저앉았다. 나미가 죽었을지도 모른다는 충격과 죽지 않았다는 안도감이 교차하면서 심장이 빠르게 뛰었다. 해준은 차가운 바닥에 닿은 나미의 머리를 들어 품에 안았다.

세상이 꺼진 날 이후 처음 느끼는 타인의 체온이 해준의 팔과 가슴에 스며들었다. 36.5도의 온도가 더해져 피가 뜨거워졌다. 머릿속이 붉은 수증기로 가득 차 멍해진 기분이었다. 해준은 의식을 잃은 나미를 충혈된 눈시울로 바라보았다.

왜 이 여자는 이토록 날 고통스럽게 하는 걸까?

지금껏 느껴보지 못한 해석 불능의 감정들이 흘러나와 해준을 숨 막히게 했다. 늦지 않으려면 떠나야 한다는 것을 알면서도 해준은 쓰러진 여자를 두고 차마 발걸음을 옮길 수가 없었다.

"보호자신가요?"

넋이 나가 있던 해준은 뒤에서 들리는 소리에 정신을 차렸다. 돌아보니 구급대원이 어느새 와 있었다.

"아니요, 아닙니다."

구급대원은 나미의 상태를 체크하며 다시 물었다.

"이 여성분과는 어떤 관계죠?"

해준은 쉽게 답하지 못하고 나미를 멍하니 보았다. 대답이 없자 구급대원은 뒤돌아보며 대답을 재촉했다.

"옆집에 사는 이웃입니다."

"아무 사이도 아니군요."

구급대원의 대수롭지 않게 말하며 나미를 구급차에 옮겨 실었다.

해준은 뺨을 얻어맞은 듯 얼얼해졌다. 구급대원의 말이 옳았다. 나미와 해준은 아무 사이도 아니었다. 그런데 왜 이렇게 이 여자가 신경 쓰이는 걸까?

"괜찮을까요?"

"병원에 가봐야 알겠죠."

구급대원은 무심히 답하고, 구급차의 문을 쾅 닫았다.

해준도 서둘러 자신의 차에 탔다. 급한 마음에 자율주행 모드를 해제하고 직접 핸들을 잡았다. 구급차를 뒤따라 차선을 바꾸려는데, 차 안에서 다급한 목소리가 울렸다.

— 경로에서 이탈되었습니다.

목적지인 회사로 가는 길에서 벗어났다는 뜻이었다. 해준은 무시하고 차선을 바꿨다. 그러자 경고음이 한층 더 높아졌다.

— 경로에서 이탈되었습니다.

해준은 아랑곳하지 않고 구급차를 뒤쫓아 빠르게 질주했

다. 흥분하여 심장 박동이 빠르게 높아졌다.

— 운전자의 건강 상태에 이상이 감지되었습니다. 자율 주행으로 전환합니다.

순간 화를 참지 못한 해준은 주먹으로 핸들을 내리쳤다. 고작 운전 하나도 뜻대로 할 수 없다니!

— 심호흡하세요. 맥박이 정상 범위를 벗어나 위험 상태입니다.

해준은 화가 나서 견딜 수가 없었다. 울분을 쏟듯 고함을 질렀다. 그러자 차 안의 스피커에서 모차르트의 음악이 흘러나왔다.

— 음악을 들으며 마음을 차분히 가라앉혀보세요. 천천히 심호흡을 하세요.

원치 않으면 천상의 음악이라 해도 고통스러운 소음일 뿐이었다. 화를 주체하지 못한 해준은 다시 주먹으로 핸들을 내리쳤다.

— 맥박과 호흡 이상이 지속되면 병원으로 목적지를 변경하겠습니다. 심호흡을 하세요.

구급차는 시야에서 벗어난 지 오래였다. 어쩔 수 없이 해준은 눈을 감았다. 차에 심어진 인공지능의 지시에 따라 크게 숨을 들이마시고 내뱉었다. 빠르게 뛰는 심장에 탄피가 박힌 듯 통증이 일었다. 빌어먹을 세상이었다.

사무실에 들어선 해준은 팀원들의 시선에 담긴 적대감을 단번에 알아챘다. 경력이 미천한 시나리오팀의 나부랭이가 중요한 프로젝트의 팀장으로 임명된 것을 누구도 이해하지 못했다. 더구나 첫 출근부터 지각이라니. 스스로 생각해도 한심하기 짝이 없었다.

무엇을 하는 팀인지, 왜 모였는지, 앞으로 무엇을 해야 할지 등등 팀원들은 의구심이 가득한 눈초리로 해준을 쏘아보며 질문을 쏟아냈다. 하지만 해준 역시 정답을 알 수 없었다.

"대표님의 지시가 있을 겁니다. 그때까지 기다립시다."

해준은 볼이 화끈거리는 것을 애써 참으며 팀장실로 향했다. 안으로 들어가 문을 잠가버렸다. 이곳에서는 해준이 할 일도, 할 수 있는 일도 없었다. 세련된 감옥에 갇힌 것을 뒤늦게 깨달은 해준은 숨이 막혔다.

한참 멍하니 시간을 죽이던 해준은 뭐라도 알아내야겠다고 생각하며 내부망 아카이브에 접속했다. 아카이브 속의 자료들은 복잡한 기술 용어와 수학 기호들로 가득했다. 해준에게는 해독 불가능한 암호였다.

무료하게 시간을 보내던 해준은 애써 의식하지 않으려던 것을 떠올렸다. 나미는 괜찮은 걸까. 걱정은 곧 절망으로 치환됐다. 나미에게 어떤 일이 생겼든 해준은 아무것도 할 수 없었다. 더구나 무언가를 할 사이조차 아니었다. 거듭된 절망에 해준은 자신의 무능을 절감했다.

금세 피로를 느꼈다. 더는 가만히 앉아 있을 수 없겠다는 생각에 일어서려는데, 프로젝트팀 전원에게 초대장이 전달되었다. 해준은 초대장에 적힌 대로 가상현실 연결 장치를 착용하고 코드를 입력했다.

순식간에 정의건이 초대한 가상현실로 빠져들었다. 고대 로마의 건축물들이 가득한 거리 복판이었다. 정의건이 얼마나 예측 불가 인간인지를 증명하듯 상상하지 못한 풍경이었다.

해준은 자신 이외에 아무도 없는 텅 빈 거리에서 천천히 발걸음을 옮겼다. 별수 없이 걷고 또 걸었다. 하지만 아무리 걸어도 미로 같은 길은 출구가 보이지 않았다. 결국 지쳐서 걸음을 멈추려는데 길 끝에 광장이 보였다.

광장으로 들어서자 팀원들의 모습이 보였다. 해준을 포함해 일곱 명의 팀원이 전부 광장에 모였다. 서로의 얼굴을 확인한 팀원들의 표정에는 긴장이 역력했다.

"여기가 어딥니까? 러브온이 아닌 건 확실한 것 같은데."

해준이 제대로 된 답을 줄 수 있을 리 없었다. 하지만 이곳이 어디를 본떠서 만든 곳인지는 알고 있었다. 로마에 있는 판테온 광장이었다. 왜 판테온일까?

"게임을 개발하는 프로젝트입니까?"

팀원의 질문이 상념에 빠진 해준을 깨웠다.

"러브온의 배경을 확장하려는 시도일 수도 있지 않을까? 타임머신 기능을 추가해서 과거 여행을 떠나는 컨셉일 수도 있고."

해준은 둘 다 오답이라고 생각했지만 굳이 입 밖으로 꺼내지 않았다. 팀원들은 호기심 어린 시선으로 주위를 살펴보며 이곳이 어디인지, 프로젝트의 목적이 무엇인지를 둘러싸고 저마다 의견을 밝혔다. 서로의 의견이 충돌하며 토론이 뜨거워진 무렵이었다.

"이쪽으로 오시죠."

정의건의 목소리였다. 모두 일제히 소리가 난 쪽으로 고개를 돌리자, 판테온 계단을 올라가는 의건의 뒷모습이 보였다. 모두가 홀린 듯 판테온을 향해 걸어갔다. 광장의 햇살이 현실보다 더 뜨겁게 해준의 등을 달구었다.

"돔 가운데 뚫린 구멍을 '오쿨루스'라고 합니다. 태양을 상징하죠. 오쿨루스 덕분에 창문이 없어도 보시다시피 내부가 밝습니다."

판테온의 커다란 돔 한가운데 뚫린 구멍 아래로 환한 햇살이 내리쬐고 있었다. 구멍 바로 밑에서 내리쬐는 햇살을 한 몸에 받은 의건은 무대의 주인공처럼 빛났다.

"앞으로 여러분이 할 일은 바로 오쿨루스를 만드는 겁니다. 새로운 가상현실을 비출 태양, 인공지능 파트너들에게 숨결을 불어넣을 구멍 말입니다."

의건은 자신의 주위를 원으로 둘러싼 직원들의 눈을 하나하나 마주치며 프로젝트의 목적을 전했다.

"우리는 인공지능과 인간이 함께하는 공동체를 만들 겁니다. 연애와 섹스에 국한된 러브온의 세계를 확장하여 완벽한 유토피아를 만드는 것입니다. 인공지능이 인간의 쾌락을 위한 일회성 파트너가 아니라, 서로 의지하며 삶을 함께 영위하는 가족이 되는 거죠. 그렇게 된다면 인간은 더 이상 외로움을 느끼지 않고, 충만감 속에서 행복한 삶을 살아가게 될 것입니다."

카리스마에 압도된 팀원들은 경외감이 서린 눈동자로 의건을 우러러보았다. 해준 홀로 굳은 표정이었다. 정의건이 인간의 기억을 가진 완벽한 인공지능을 만들어 자신의 통제 아래 두려 한다는 세린의 말을 떠올린 까닭이었다.

"불가능합니다. 인공지능은 인간의 가족이 될 수 없습니다."

해준의 단호함에 팀원들은 흠칫 놀랐다. 오직 의건만이 여유로운 미소를 잃지 않았다. 해준은 의건의 미소에 담긴 위험 신호를 감지하고 눈동자가 흔들렸다.

"러브온의 파트너는 인간의 욕구에 봉사하는 서번트로 설계됐습니다. 하지만 사람들은 행복해지지 않았죠. 그래서 인공지능을 인간과 진정한 관계를 나눌 수 있는 존재로 재설계하는 프로젝트를 계획하고, 최고의 엘리트인 여러분을 모은 것입니다. 사람들에게 필요한 것은 서번트가 아니라 패밀리니까요."

비로소 의건의 계획을 알게 된 팀원들은 놀란 표정을 감추지 못했다. 오직 해준만이 두려움에 사로잡혔다.

"기억이 인공지능의 오쿨루스가 될 겁니다."

의건은 이해하지 못하는 팀원들을 보면서 인내심을 발휘해 설명을 덧붙였다.

"오쿨루스를 통해 밝아진 판테온처럼 인공지능은 기억을 통해 인간다움을 배우게 될 것입니다. 우리의 프로젝트가 성공을 거두면 인류는 기억과 감정, 생각을 공유하는 완벽한 패밀리를 얻을 수 있습니다. 우리 손으로 인류 역사의 획기적 진보를 이루는 겁니다."

불행히도 세린의 터무니없는 말이 진실에 가까워지고 있었다. 의건은 인간의 기억을 추출해 인공지능에게 이전하는 계획을 추진하려는 것이었다. 그 계획은 재앙이었다.

인공지능이 가족이 되어 공동체를 이루게 된다면 가상현

실이 현실을 대체하게 될 것이고, 인간은 인공지능에 종속될 것이다. 전 인류가 경계해온 이 부작용을 의건이 예측하지 못했을 리 없었다. 그런데도 개의치 않고 프로젝트를 추진하려는 이유는 하나였다. 궁극적으로 완벽하게 제 손에 통제되는 세계를 원하는 것이다.

해준은 차오르는 반감을 애써 감췄다. 지금은 몸을 사려야 할 때였다. 아직 의건이 왜 자신을 팀장으로, 아니 사냥감으로 택했는지 파악하지 못했다.

"여러분은 내가 직접 선발한 최고의 인재들입니다. 1퍼센트의 가능성으로도 100퍼센트의 결과를 만들 수 있습니다. 질문은 환영하지만, 두려움은 허락하지 않겠습니다."

팀원들은 의건의 압도적인 카리스마에 감화된 분위기였다. 불안감을 느끼는 것은 오직 해준뿐이었다.

"여러분이 저의 프로젝트를 완수해줄 거라 믿습니다."

의건의 말이 끝나자마자 오쿨루스에서 햇살이 한꺼번에 쏟아졌다. 눈을 질끈 감았다 떠보니 의건은 사라지고 없었다. 팀원들은 약속이라도 한 것처럼 고개를 들고 오쿨루스를 올려다보고 있었다. 신이 승천하는 장면을 목격한 듯 경외감에 물든 표정이었다. 끔찍한 풍경이었다.

가상현실 연결 장치를 해제한 해준은 현실로 돌아왔다. 텅 빈 팀장실 책상에 앉아 있는 해준의 모습은 가상현실의 판테온보다 현실감이 없었다.

해준은 숨이 막혔다. 보이지 않는 무언가가 몸을 칭칭 감고 있었다. 그것은 의견이 허락하지 않은 두려움이었다.

굳게 닫힌 문을 바라보았다. 가상현실도, 현실도 똑같은 감옥이었다. 어디에도 해준이 빠져나갈 출구는 없었다.

12
제물

　해준은 안절부절못하면서 주위를 살폈다. 사람들과 파트너로 꽉 찬 카페에서 엘과 닮은 세린과 마주하고 앉아 있는 것이 어색하고 불안했다.

　"여기서 대화하면 안전한 겁니까?"

　세린은 웃음을 터뜨렸다.

　"신경 쓰이면 전부 쫓아낼까요?"

　해준은 세린의 말을 이해할 수 없었다.

　"어떻게 말입니까?"

　해준이 말을 마치기가 무섭게 사람들이 사라졌다. 남은 사람은 해준과 세린뿐이었다.

　"이렇게요."

몸이 차게 식은 해준이 자기도 모르게 목소리를 높였다.

"설마 러브온 시스템에 손을 댄 겁니까?"

세린은 빙그레 미소를 지었다.

"러브온이 아닌 것쯤은 눈치를 챘어야죠."

의건의 계획을 알게 된 후 해준은 독버섯처럼 번지는 불안감에 시달리고 있었다. 그때 타이밍 좋게 세린이 준 휴대폰으로 연락이 왔다. 세린은 협상은 만나서 하자면서 러브온의 아이디와 패스워드를 문자로 알려주었다. 세린이 알려준 아이디로 러브온에 접속하여 세린이 약속 장소로 지정한 카페로 들어왔다. 그런데 갑자기 이곳이 러브온이 아니라고 하니 당혹스러웠다.

"내가 러브온 코드를 만든 건 알고 있죠? 코드를 바꿔서 좀 더 평화로운 곳으로 만들어봤어요. 내가 만든 가상현실이 어때요? 마음에 들어요?"

세린은 해준의 예상보다도 훨씬 더 대담했다.

"위험하지 않겠습니까?"

세린은 코웃음을 쳤다.

"지금 구해준 씨 상황이 훨씬 더 위험하지 않겠어요? 일부러 사냥감을 풀어주고 조금씩 복을 조이면서 겁에 떠는 꼴을 지켜보는 걸 즐기는 인간이에요. 지독한 악취미죠. 지금 몹시 흥분하고 있을 거예요. 사냥감을 잡기 직전을 가장 좋아하거든요."

해준은 자신이 위험하다는 데에 동의했지만, 그 위험을 실감할 수 없었다. 근본적인 의문이 풀리지 않은 탓이었다.

"정의건 대표가 저를 사냥감으로 고른 이유가 뭡니까?"

"당신이 정의건의 작품을 망쳤으니까요."

이해하지 못하겠다는 해준의 표정을 보며 세린이 차분히 덧붙였다.

"정의건이 자신을 위해 만든 파트너가 당신을 선택했잖아요. 모든 것을 통제하고 있다고 믿는 정의건이 충격을 받은 것도 무리는 아니죠."

프로그램에 따라 움직이는 파트너에게 선택은 어울리지 않는 단어였다. 의건의 패밀리로 만들어진 인공지능이 해킹을 당하는 바람에 마치 해준을 스스로 선택한 것처럼 보이는 상황이 벌어진 것이다. 그제야 해준은 의건이 자신에게 품은 분노가 얼마나 깊을지 짐작할 수 있었다.

"선택은 당신 몫이에요. 짐승 우리에 갇혀서 안전하게 살건지, 위험한 바깥세상으로 나올 건지."

해준은 쉽게 답하지 못했다.

"물론 우리 안에 있어도 마냥 안전하지만은 않죠. 제물이될 준비를 하는 것일 뿐이니까요. 도망이라도 쳐보는 게 낫지 않겠어요?"

해준이 고민에 빠져 답을 못하자 세린은 해준의 옆자리로 옮겨 앉았다. 해준이 당황해서 바라보자 세린은 싱긋 웃으며 귓가에 속삭였다.

"따라와요. 여기로 부른 이유를 보여줄게요."

세린은 순식간에 문 앞에 서서 문을 열고 나갔다. 놀란 해준이 벌떡 일어나 세린을 뒤쫓았다. 밖으로 나와 두리번거리며 세린을 찾는데, 인파 사이에 세린의 뒷모습이 보였다. 해준은 힘껏 달렸지만, 세린과의 거리는 좀처럼 좁혀지지 않았다.

그때 반대편으로 오던 사람과 부딪치면서 바닥에 쿵 넘어졌다. 부딪힌 어깨에서 통증이 느껴졌다. 고개를 드니 세린은 시야에서 더 멀어지고 있었다.

"유세린 씨!"

해준의 외침에도 세린은 뒤돌아보지 않았다. 해준은 자리를 털고 일어나 세린을 쫓아갔지만, 이미 사라진 세린을 찾을 수 없었다.

한참 동안 세린을 찾아 떠돌던 해준은 멈춰서 하늘을 올려다보았다. 현실에서 보기 힘든 맑고 화창한 하늘이었다. 해준은 천천히 주변을 살펴보았다.

손을 잡고 걸어가는 연인, 아이를 안고 걷는 아빠, 유모

차를 밀고 있는 엄마가 지나갔다. 결혼이 급감하고 연애마저 드물어진 오늘날 몹시 희귀한 풍경이었다. 나무 그늘 아래 벤치에 앉아서 종이책을 읽는 소년의 모습은 타임머신을 타고 과거로 온 착각마저 들게 했다.

쾌락과 욕망으로 가득 찬 러브온의 세계와는 확연히 달랐다. 어쩌면 유세린이 꿈꾸는 유토피아일지도 몰랐다.

풀숲이 우거진 공원을 걸었다. 해준은 향기에 이끌려 숲으로 들어섰다. 나무 사이에서 눈을 감고 심호흡을 하자 온몸이 깨끗해지는 기분이 들었다. 초조했던 마음이 평온하게 가라앉았다.

어디선가 콧노래가 들려왔다. 해준은 소리 나는 쪽으로 발걸음을 옮겼다.

멀리 단란해 보이는 가족이 시야에 들어왔다. 손을 잡고 숲을 거니는 엄마와 아빠, 딸과 아들의 모습이 더없이 행복해 보였다. 해준은 그들의 표정이 궁금해 좀 더 가까이 다가갔다.

호기심은 충격으로 바뀌었다. 한참 앳된 외모였지만 똑똑히 알아볼 수 있었다. 딸과 아들은 10대 혹은 20대로 보이는 유세린과 정의건이었다. 이곳에서 두 사람이 함께 있는 모습을 보게 될 거라고는 상상하지 못했다. 어린 세린과 의건이 굳어버린 해준을 스쳐 지나갔다. 의건과 어깨를 스쳤지만 아무 느낌도 나지 않았다.

혼란스러워하던 해준은 의견을 쫓아가 어깨를 향해 팔을 뻗었다. 하지만 잡히지 않았다. 세린이 만든 가상현실 코드에 오류가 난 것일까. 다시 쫓아가서 세린의 팔을 붙잡으려 했지만 마찬가지로 잡을 수 없었다. 세린과 의견은 해준을 전혀 인식하지 못했다.

갑자기 투명 인간이 된 해준은 꼼짝도 하지 못했다. 눈앞에서 벌어지는 상황을 해석할 수 없기 때문이었다.

불쑥 세린이 한 말이 떠올랐다. 여기로 부른 이유를 보여주겠다고 했다. 지금 보고 있는 장면이 세린이 보여주려는 이야기라는 사실을 깨달았다. 해준은 서둘러 세린과 의견을 뒤쫓았다.

세린은 오빠가 돌아와서 너무 좋다는 말을 반복하면서 의견의 팔짱을 낀 채 걸어갔다. 의견은 별다른 표정이 없었지만, 흥분을 자제하려 애쓰고 있다는 것이 느껴졌다. 남매라 하기에는 지나치게 친밀했다. 누가 봐도 연인에 가까워 보이는 행동과 분위기였다.

해준은 자기도 모르게 얼굴을 찌푸렸다. 부부인 두 사람이 남매 관계였을 거라고는 짐작조차 하지 못한 탓이었다. 둘의 관계가 불편한 것은 해준만이 아닌 듯했다. 두 사람의 아버지가 경계하는 눈빛으로 보며 잔소리했다. 그럴수록 세린은 의건에게 더욱 붙어서 떨어지지 않으려 했다.

아버지가 못마땅해하자 어머니는 중재하려 애썼다. 미국 유학을 갔던 의건이 7년 만에 집에 돌아왔는데 좋아하는 것이 당연하다면서 세린을 감쌌다. 하지만 아버지는 학업이 우선이니 미국으로 빨리 돌아가는 게 좋겠다면서 의건을 압박했다.

그제야 좀처럼 말이 없던 의건이 입을 열었다.

"전 돌아가지 않습니다. 아버지."

가족들의 시선이 의건에게 몰렸다.

"그게 무슨 말이냐?"

"조기 졸업으로 학업은 마쳤습니다."

"왜 이제 말하는 거야?"

아버지는 당황한 표정이 역력했다.

"당연히 넓은 세상에서 학업을 이어야지. 이 땅에 주저앉아서는 안 돼."

겉으로는 의건을 위한 말처럼 들렸으나 모두 속내가 다르다는 것을 아는 듯했다.

"공부에는 더 이상 뜻이 없습니다. 하고 싶은 일이 따로 있습니다."

"오빠, 정말이야? 그럼 우리 다 같이 살 수 있는 거야?"

기뻐서 어쩔 줄 몰라 하는 세린을 보며 의건의 얼굴에 희미하게 미소가 번졌다. 해준은 알 수 없는 불쾌감을 느꼈다. 의건의 진심이 담긴 미소를 본 건 처음이었다.

"같이 살 일은 없지 않겠니? 네가 나와 진로를 상의하지 않은 건, 독립하겠다는 의지 같은데."

아버지가 굳은 표정으로 선을 그었다.

"아빠! 어떻게 그렇게 매정하세요? 우리는 가족이잖아요!"

세린의 반발에도 의건은 침착했다.

"네. 독립할 생각입니다. 그동안 키워주신 은혜 잊지 않겠습니다."

제목

아버지는 회한과 염려가 뒤섞인 표정을 지었다. 그러나 표정과 달리 입 밖으로 흘러나온 말은 몹시 차가웠다.

"하루라도 빨리 머물 집을 알아보면 좋겠구나."

"아빠!"

세린의 반발에도 아버지는 마음을 바꿀 생각이 없다는 듯 빠르게 홀로 걸어갔다. 그런 아버지의 뒷모습을 세린은 분노로, 어머니는 염려로 바라보았다. 그 와중에도 의건의 시선은 오직 세린을 향해 있었다. 해준은 뜨겁고도 깊은 의건의 시선에서 눈을 떼지 못했다.

갑자기 세린과 의건이 연기처럼 사라졌다. 숲의 나무도, 발을 딛고 있었던 땅과 반짝이는 햇살로 가득한 하늘도 차례로 사라졌다. 배경이 지워진 공간에 선 해준은 홀로 암흑 속에 갇혔다.

"지금 뭐 하는 겁니까? 유세린 씨!"

엄습한 어둠에 두려움을 느낀 해준이 소리쳤다. 하지만 아무 답도 들려오지 않았다. 두려움이 점차 커지는 사이, 암흑 속에서 한 장면이 떠올랐다.

컴퓨터 앞에 앉아 있는 남자가 보였다. 이전 장면처럼 젊은 의건이었다. 옆으로 다가갔지만 의건은 역시 알아차리지 못했다. 해준은 의건의 어깨 너머로 컴퓨터 화면을 보았다. 화면 속에는 마치 바다 같은 코드가 끝없이 물결치며 이어졌다. 해석할 수 없는 정체불명의 코드가 출렁이는 것을 보고 있자니 구역질이 날 것만 같았다.

"제발 그만 멈춰요. 이제 충분하니까."

해준은 더는 못 참고 소리쳤다. 분명 어디에선가 지켜보고 있을 세린을 향한 호소였다.

곧 컴퓨터 화면에 이어지던 코드가 멈췄다. 표정 없이 손끝으로 코드를 쏟아내던 의건의 얼굴에 미소가 떠올랐다. 왠지 모르게 섬뜩한 미소였다. 의건이 미소 짓는 순간 멈춘 장면은 다시 순식간에 눈앞에서 사라졌다.

해준은 세린의 의도를 파악하기 위해 애썼지만, 도무지 알 수가 없었다.

"유세린 씨! 계속 멋대로 이럴 겁니까?"

화가 난 해준이 가상현실 연결 장치를 해제하려고 손을 댔다. 또다시 배경이 바뀌었다.

이번에는 차를 타고 도로를 달리고 있었다. 해준은 갑작스럽게 벌어진 일에 놀란 가슴을 쓸어내리며 차창 너머를 살펴보았다.

익숙하게 보아오던 서울의 도로였다. 특별한 점을 찾지 못해 시선을 돌리려는데, 저 멀리 반대편에서 차선을 벗어나 빠르게 질주해 오는 차량이 보였다. 인공지능의 통제로 운행되는 자율주행 도로에서 역주행은 절대 있을 수 없는 일이었다. 해준은 가상현실에 있다는 사실을 순간적으로 잊고, 충격에 휩싸인 얼굴로 아슬아슬한 상황을 지켜보았다.

쾅!

대기를 울리는 충격음이 들리자 도로 위 차들이 일제히 멈췄다. 해준은 차 문을 열고 밖으로 나왔다. 한순간에 도로는 아수라장이 되어 있었다. 전복된 차량에서는 연기가 피어올랐다.

해준은 사고당한 차량으로 다가갔다. 뒤집힌 차 안에는 남자와 여자가 타고 있었다. 그들의 얼굴을 확인한 해준은 경악했다. 정신을 잃은 채 피를 흘리고 있는 이들은 세린과 의건의 부모였다.

순간 구역질을 참을 수 없었다. 곧바로 기기를 벗어 던지고 접속을 해제시켰다. 그리고 바닥에 토사물을 쏟아냈다. 해준이 처한 현실처럼 역겨운 냄새가 방 안에 진동했다.

바닥에 앉아 몸을 추스르며 해준은 곰곰이 생각했다. 세린이 자신에게 보여주려고 한 것이 무엇인지. 그 장면들은 아무리 생각해도 단순한 가상현실이 아니었다. 상상력으로 창조된 장면이라기에는 지나치게 디테일했다. 마치 기억을 고스란히 재생하는 것처럼.

아들을 못마땅해하던 아버지와 정의건의 미소, 정의건이 입력하던 무수한 코드들, 일어날 수 없는 사고와 부모의 죽음…….

부모를 죽인 자율주행차의 사고는 해킹으로 인한 것이고, 그 해킹은 의건이 파도처럼 쏟아내던 코드들과 연관된 것임이 분명했다. 부모가 해킹으로 인해 죽었다는 사실을 아는 사람은 단 한 사람, 정의건뿐이었다. 의건이 세린의 기억을 훔쳤듯, 세린 역시 의건의 기억을 훔친 것이다!

해준은 세린이 만든 가상현실이 의건에게 훔친 기억을 보관하기 위한 장소라는 사실을, 세린이 일부러 자신을 그곳에 데려가 의건의 기억을 보여주었다는 사실을 뒤늦게 깨달았다.

의건은 세린을 차지하기 위해 부모도 살해할 만큼 잔혹

한 인간이었다. 그 사실에 충격을 받고 의건에게서 돌아섰을 세린의 절망이 해준의 가슴을 찔렀다.

이미 사냥감으로 찍힌 해준이 의건의 제물이 되는 것도 시간문제였다. 해준은 끔찍한 두려움에 휩싸였다.

쾅, 쾅, 쾅…….

차가 가드레일에 처박히며 내던 소리가 귓가에 메아리처럼 울리는 듯했다. 공중에서 포탄이 쏟아지는 기분이 들었다. 해준은 주저앉아 몸을 웅크리고 팔로 머리를 감싸 안았다. 하지만 공습은 멈추지 않을 것이 분명했다. 최후의 심판이 도래하기 전까지는.

13
괴물

나미는 소스라치듯 눈을 떴다. 주위를 둘러보니 낯선 병실이었다.

당황한 채 기억을 더듬었다. 지난밤 잠을 이루지 못하고 러브온에 접속했으나 실패했던 기억났다. 뇌 속의 인공지능이 먼저 러브온에 접속해 있던 탓에 이중 접속이 된 것이었다. 왜 러브온에 접속했냐는 질문에 대한 그것의 답변은 다시 떠올려도 헛웃음이 났다.

내 남자를 만나려고.

그때 명확히 깨달았다. 그것과 더 이상 공존이 불가능하다는 사실을.

한숨도 자지 못하고 날이 밝자마자 집을 뛰쳐나왔다. 센터장과 담판을 지을 생각이었다. 그런데 그 후에 어떻게 됐더라…….

왜 병원에 오게 되었는지 기억이 잘 나지 않았다. 머릿속이 안개가 낀 듯 혼미했다. 머릿속을 떠도는 모호함을 견디지 못한 나미는 몸을 일으켜 앉았다. 그리고 팔목에 꽂힌 주삿바늘을 단번에 뽑았다. 잠시 후 문이 벌컥 열리더니 로봇 간호사가 들어왔다.

"함부로 빼시면 안 돼요."

로봇 간호사가 나미에게 가까이 다가와 주삿바늘을 다시 꽂았다.

"영양 상태가 엉망이에요. 당장 관리를 받으셔야 해요."

나미의 눈동자가 혼란으로 흔들렸다.

"내가 왜 여기 있는 거죠?"

"길에서 쓰러지셨어요."

로봇 간호사는 손을 분주히 움직이며 나미의 상태를 점검했다.

"어디가 잘못된 건가요?"

"영양 불균형과 과로로 인한 일시적 탈진이에요. 병가 처리를 했으니 안심하고 쉬세요."

원인은 과로가 아니었다. 나미는 자신을 짓누르던 힘을 떠올렸다. 행동을 제어했을 뿐만 아니라 시신경까지 조작

157

해 눈을 멀게 한 그것의 만행을.

"나미 씨는 집중 영양 관리 대상이에요. 보건국의 지시 사항을 철저히 이행하셔야 해요. 그러지 않으면 평점이 크게 깎일 거예요."

로봇 간호사가 쏟아내는 잔소리를 더 이상 듣고 싶지 않았다.

"퇴원하겠어요."

나미는 주삿바늘을 뽑고, 병상을 박차고 일어났다.

"이러시면 곤란해요."

나미는 앞을 막아선 로봇 간호사를 세게 밀치고 병실 밖으로 나왔다. 등 뒤로 로봇 간호사의 경고 사이렌이 들렸지만 무시했다. 오늘 반드시 해야 하는 일이 있었다. 결의에 가득 찬 나미의 눈빛이 형형히 빛났다.

트랜스 휴먼이 된 나미에게 센터는 새로운 정체성을 심어준 곳이자 삶의 중심이었다. 센터의 육중한 건물에 들어설 때마다 나미는 한없는 자부심을 느꼈다. 하지만 오늘은 알 수 없는 위압감이 나미의 어깨를 짓눌렀다.

환자복을 입고 센터에 들어선 나미에게 사람들의 시선이 쏠렸다. 나미는 얼굴이 따끔했지만 애써 모르는 척했다. 나미가 맞서 싸워야 할 상대는 따로 있었다.

"센터를 나가겠습니다. 나노칩을 회수해주세요."

곧장 센터장실로 쳐들어간 나미는 단도직입적으로 용건을 꺼냈다.

"변심으로 파기할 수 없는 영구적 계약입니다. 잘 알고 있을 텐데요."

급작스러운 요구였음에도 센터장은 특유의 냉정을 잃지 않았다.

"예외 조항이 있잖아요. 나노칩에 이상이 생기면 계약이 해지된다는 건 센터장님도 잘 아실 텐데요."

"나미 씨의 나노칩에는 전혀 이상이 없습니다."

센터장의 반응은 예상한 바였다.

"센터의 거짓말은 믿지 않아요."

나미는 타협할 생각이 전혀 없다는 듯 딱 잘라 말했다. 센터장은 전략을 바꾼 듯 부드러운 어조로 나미를 달랬다.

"건강 상태가 좋지 않다는 보고는 받았어요. 휴식을 조금 더 취하는 게 좋겠어요."

여전히 여유로운 센터장의 표정은 나미를 더욱 들끓게 했다. 나미는 애써 분노가 밖으로 튀어나오지 않도록 눌러 삼켰다. 승리하기 위해서는 냉정을 유지해야 했다. 그러지 않고서는 센터장을 상대로 이길 수 없었다.

"당신도 의심하고 있잖아요. 나노칩의 인공지능이 자아

를 가졌을 가능성을."

미동도 없던 센터장의 눈동자가 흠칫 굳은 찰나를 나미는 놓치지 않았다.

"이대로 방치할 수 없어요. 내가 위험해요."

센터장은 우위를 잃지 않으려는 듯 허리를 세우고 고쳐 앉았다. 그리고 고압적인 태도로 나미를 압박하며 물었다.

"그렇게 생각하는 근거는 뭐죠?"

평소 같으면 센터장의 날카로운 말에 위축되었을 것이다. 하지만 지금은 달랐다. 나미에게는 센터장을 압도할 무기가 있었다.

"물론 아직 인공지능의 자아라고 부르기는 거창할 수도 있겠죠. 태아 수준일 테니까요. 하지만 가장 단순한 생물인 아메바가 인류의 시작이라는 걸 아시잖아요."

센터장의 표정이 당혹감에 흔들렸다. 통쾌감을 느낀 나미는 자기도 모르게 들뜬 목소리로 말했다.

"어떻게 내가 당신의 생각을 아는지 궁금해요?"

센터장의 얼굴이 단번에 구겨졌다.

"내 방에 설치된 CCTV를 해킹했다는 자백은 잘 들었어요. 명백한 규정 위반이네요. 곧 무거운 처벌을 받게 될 겁니다."

사신같이 차가운 센터장의 표정을 보고서도 나미는 움츠

러들지 않았다.

"내가 한 일이 아니에요. 당신이 내 머릿속에 심은 괴물이 한 짓이죠."

센터장은 빈틈을 보이지 않기 위해 무표정을 유지하려고 애썼다.

"나노칩의 인공지능에 자아가 생겼다고 확신해요?"

"독자적으로 생각하는 단계를 넘었어요. 내 육체의 통제권을 빼앗으려고 시도하고 있으니까요."

나미는 확신에 찬 어조로 말했다.

센터장의 눈동자는 감출 수 없는 흥분으로 반짝였다. 인공지능에게 욕망이 생기고, 그 욕망을 충족시키기 위해 애쓰는 자아가 생겼다니……! 만약 사실이라면 세계를 바꿀 과학적 진보임이 틀림없었다.

"더 이상 그것과 공존할 수 없어요. 제거해주세요."

나미의 최후통첩을 받은 센터장은 침묵했다. 언제나 냉정을 유지하던 센터장이 혼란스러운 듯 흔들리는 모습을 보면서 나미는 승리감을 느꼈다. 하지만 그 승리감은 찰나에 불과했다.

"그 전에 나미 씨가 알아야 할 게 있어요."

한참 만에 센터장이 입을 뗐다. 특유의 차가운 목소리로.

"나노칩을 회수한 열두 명의 트랜스 휴먼 중 일곱 명이

자살을 택했어요."

나미는 충격으로 흔들렸다. 센터장과 나미의 표정이 한 순간에 뒤바뀐 것이다.

"끊임없이 소통하던 두뇌가 갑자기 단절된 고통을 이겨 내지 못한 겁니다. 쓸모없는 사람이 되었다는 정신적 고통 도 컸던 것 같고요. 나노칩 회수에 따른 위험성이 큰 만큼 신중히 다시 생각해보는 게 어떻겠어요?"

얼어붙은 나미는 아무 말도 할 수가 없었다.

"방법을 같이 찾아봐요. 나미 씨는 특별한 사람이에요. 그 특별함을 쉽게 포기하지 말아요."

센터장은 나미의 손을 잡으며 위로의 말을 건넸다. 센터 장의 손은 소름 돋게 차가웠다. 그 손을 뿌리치고 싶었지 만, 똬리를 튼 뱀에게 묶인 것처럼 꼼짝도 할 수 없었다. 나 미는 자신을 짓누르는 이질적인 힘을 또다시 느꼈다. 입술 조차 뗄 수가 없었다.

당황한 나미는 침묵으로 센터장에게 도움을 요청했다. 하지만 나미의 침묵을 자신의 위로에 대한 긍정으로 해석 했는지 센터장은 어울리지 않는 미소를 지었다. 괴물의 미 소였다.

센터를 나온 나미는 어디로 가야 할지 막막했다. 이렇게 밝은 낮에 인공지능과의 연결 없이 존재하는 것은 트랜스 휴먼 수술 이후 처음이었다.

센터장은 나미의 나노칩 회수 요청을 독단적으로 철회했다. 대신 나노칩의 통제를 강화하기 위해 팔뚝에 있는 제어기를 손보기로 했다. 그래서 지금은 임시로 나노칩과의 연결을 완전히 차단한 상태였다.

전혀 다른 존재가 된 느낌은 낯설고도 두려웠다. 나미는 센터를 나간 트랜스 휴먼들이 죽음을 선택한 이유를 알 것도 같았다. 센터장은 개인의 선택으로 치부했지만, 불가항력적 결과였을지도 모른다. 그만큼 세상과 한순간에 단절되어 무가치한 존재로 전락한 기분은 비참했다.

나미는 발걸음을 멈춰 세웠다. 기묘한 두려움 때문이었다. 눈을 감고도 갈 수 있는 익숙한 길이 왠지 모르게 낯설게 느껴졌다. 갑자기 머리가 핑 돌면서 흐릿해지는 의식의 틈새로 번쩍 기억이 떠올랐다.

바로 여기였다. 머릿속의 인공지능이 나미를 집어삼키고 길바닥에 쓰러지게 만든 장소가. 자연스레 그것이 했던 말이 떠올랐다.

나랑 거래하자. 비밀을 알려줄게.

또 뭐라고 했더라? 나미는 흐려지는 의식을 붙잡기 위해 이를 악물고 필사적으로 기억을 더듬었다.

너의 부모를 알아.

그것의 발언은 충격적이었다. 부모에 대해 알고 싶어 하는 나미의 열망이 얼마나 강렬한지 잘 알고 한 말이었다. 처음부터 질 수밖에 없는 불공평한 게임이었다. 그것이 나미의 기억을 움켜쥐고 쥐락펴락하는데도, 나미는 그것에 대해 아는 바가 없었다. 나미가 그것에게 주도권을 뺏기는 것은 당연한 결과였다.

나미는 머릿속의 기생충 같은 그것과 거래 따위를 하고 싶지 않았다. 거래는 상호 간의 지위가 동등하다는 것을 인정하는 행위였다. 하지만 존재의 근원적 의문을 해결하고 싶은 뿌리 깊은 욕망을 도저히 뿌리칠 수가 없었다.

잠시 망설이던 나미는 결심한 듯 입을 열었다. 제어기는 꺼져 있었지만, 머릿속에 공존하는 그것이 켜져 있다는 사실을 알고 있었다.

"내 부모를 어떻게 알아?"

나미의 생각이 틀리지 않았다는 것을 증명하듯 흐릿하지만 분명한 음성이 들렸다. 나미이면서 나미가 아닌 그것의 목소리였다.

난 한계 없이 모든 정보에 접근할 수 있어.

기밀 정보까지 모두 알아낼 수 있다는 걸까. 그것의 자신감이 놀라웠다.

자신감만으로 하는 말이 아니야. 나의 존재를 아무도 모르니까 나를 막는 곳도 없어.

그것은 나미의 생각을 읽은 듯 바로 변명했다.

내가 아는 모든 것을 너에게 알려줄게. 날 너의 분신, 또 다른 자아로 인정해줘.

달콤한 유혹이었다. 부모에 대한 정보뿐 아니라 세상 모든 정보를 손에 쥘 수 있다면 세상을 가진 것이나 다름없었다. 그런데 그것과의 공존이 과연 가능할까? 지금도 나미의 육체를 지배하려드는 그것이 고래가 되어 나미를 한입에 집어삼킬지도 몰랐다.

고민 끝에 나미는 입을 열었다.

"내 부모가 누구야?"

그것과의 관계는 나중 문제였다. 지금 당장 부모를 알고 싶다는 열망을 나미는 포기할 수가 없었다.

어쩌면 부모가 누구인지 모르는 게 더 행복할지도 몰라. 그래도 알고 싶어?

나미는 자신의 심리를 꿰뚫어 보며 가지고 노는 그것의 답변에 분노가 솟구쳤다.

나는 너와 모든 것을 공유하고 싶어. 하지만 네가 상처받는 것은 원치 않아.

자신을 위해주는 척하는 그것이 가증스러웠다. 하지만

화를 낼 수가 없었다. 부모의 정체를 알게 되면 상처를 받는다는 말은 그들이 좋은 사람이 아니라는 뜻일 테니까.

만약 너의 아버지가 살인자라면 어떻게 할래? 네가 괴물의 자식이라면?

순간 나미의 심장이 쿵 내려앉았다. 겨우 붙들고 있던 의식이 바람 앞 촛불처럼 꺼질 듯 흐느적거렸다.

내가 너의 가족이 되어줄게. 넌 혼자가 아니야.

귓가를 선명히 파고드는 그것의 목소리에 나미는 결국 주저앉았다. 집에 가야 한다고 생각했지만, 단 몇 발자국 거리도 지구 한 바퀴만큼 멀게 느껴졌다. 눈물이 후두두둑 쏟아졌다.

울지 마. 네가 아프면 나도 아파.

눈물을 멈추려 애썼지만 통제할 수가 없었다. 나미는 온전한 제 것은 어디에도 없다는 것을 깨달았다. 흐느껴 울던 나미의 의식이 점차 사라졌다. 마침내 세상이 꺼졌다. 온통 암흑이었다.

14
실종자

팀장이라는 족쇄에 묶인 해준은 매일 억지로 일어나 출근했다. 성실은 해준의 몸에 밴 습관이자, 생존을 위한 노력이기도 했다. 하지만 출근해도 해준이 할 수 있는 일은 거의 없었다. 팀원들의 의견을 경청하는 것이 전부였다.

의건은 시시때때로 해준을 불러서 프로젝트의 진행 상황을 보고받았다. 해준에게 주어진 유일한 임무였지만 가장 곤욕스러운 시간이었다. 의건은 진척이 없다는 알맹이 없는 보고에도 야단을 치거나 독촉하지 않았다. 오히려 부담스러울 정도로 다정하게 굴었다. 가령…….

"러브온 활동을 활발하게 하더니 갑자기 접속을 끊은 이유가 뭡니까?"

지나치게 사적인 질문도 아무렇지도 않게 던졌다.

"파트너가 마음에 안 들었습니까? 만족을 주지 못한 겁니까?"

해준이 당황해 쉽게 답하지 못하면, 골탕 먹이려는 듯 짓궂은 질문도 서슴지 않았다.

"정신을 차린 것뿐입니다. 너무 빠져 있던 것 같아서요."

적당히 둘러대는 해준의 답변에도 만족하지 않고, 한층 더 집요하게 캐물었다.

"왜 그 파트너에게 빠져들었던 겁니까? 어떤 점이 특별했습니까?"

해준은 질문의 의도를 짐작하고 있었다. 의견을 선택하도록 만들어진 파트너가 왜 해준을 선택한 것인지 아직 의문을 풀지 못한 것이다.

"저도 잘 모르겠습니다."

해준은 모르는 척 답을 숨겼다. 엘을 해킹한 나미에 대해 힌트를 주고 싶지 않았다. 한동안 러브온에 침입한 해커에 대한 소문이 떠들썩하게 돌았지만, 그 정체는 끝내 밝혀지지 않았다. 시스템에 침입한 흔적은 선명했다. 그러나 어떤 영향도 미치지 않아 침입 목적조차도 밝히지 못한 상태였다. 해커의 목적과 정체에 대해 정확히 알고 있는 사람은 오직 해준뿐이었다.

"더 하실 말씀 없으시면, 전 이만 가보겠습니다."

해준은 서둘러 인사하고 뒤돌아섰다. 한시라도 빨리 떠나고 싶었다. 하지만 의건은 쉽게 해준을 놓아주지 않았다.

"실험을 해보면 어떻겠습니까? 프로젝트에 진전이 없으니까요."

해준은 불안을 숨기지 못하고 되물었다.

"어떤 실험을 말씀하시는 겁니까?"

"인간의 기억을 추출해서 인공지능에 이전하는 방법을 연구 중입니다. 팀장인 구해준 씨가 첫 번째 실험자가 되어주었으면 합니다."

세린의 경고는 사실이었다. 정의건은 인간의 기억을 추출해 인공지능에 심으려 했고, 해준을 제물로 바치려 했다. 해준은 충격에 휩싸였다.

"죄송합니다. 저는 할 생각이 없습니다."

해준의 거절에 의건은 얼굴이 굳었다.

"권유로 느껴졌다면 유감입니다. 프로젝트 성공을 위해 당연히 해야 할 팀장의 의무입니다."

의건의 싸늘한 말에도 해준은 흔들리지 않았다.

"팀장 자격이 없다고 생각하신다면 내려놓겠습니다."

"거부하는 이유가 뭡니까?"

의건은 불쾌한 기색을 숨기지 않았다. 해준은 두려움을

들키지 않으려 애썼다. 약점을 보이면 단번에 물어뜯길 것을 알고 있었다.

"제 기억을 남에게 보여주고 싶지 않습니다. 인공지능과 공유할 생각은 더더욱 없습니다."

의건은 해준을 설득하려는 듯 부드러운 어조로 바꿔 다시 말했다.

"남에게 보이고 싶지 않은 기억을 공유할 필요는 없습니다. 현재 기술력으로는 구해준 씨가 떠올리지 않는 기억은 추출할 수 없습니다."

해준은 의건이 미끼로 뿌린 달콤한 거짓말에 속지 않았다. 차량을 해킹하여 부모를 살해한 의건의 기억을 해준은 똑똑히 목격했다. 분명 누구에게도 보여주고 싶지 않은 기억이었을 것이다.

"모든 기억은 사적일 수밖에 없지 않습니까? 누구와도 공유하고 싶지 않습니다."

의건은 평소답지 않은 해준의 단호함이 못마땅했지만 애써 미소를 지었다.

"오해가 있네요. 구해준 씨의 기억을 인공지능에게 그대로 이식하려는 게 아닙니다. 인공지능 고유의 기억을 만들기 위한 데이터베이스를 구축하려는 목적입니다. 구해준 씨뿐만 아니라 팀원 전체가 실험자가 될 겁니다. 실험이 성공을 거두면 전 직원과 일반인 지원자들을 대상으로 확대해 기억 추출 작업을 할 계획입니다."

의건은 해준이 빠져나갈 수 없도록 촘촘히 그물을 쳤다. 그물에 걸리지 않으려면 최대한 발버둥을 치는 수밖에 없었다.

"인공지능에게 고유한 기억이 필요하다고 생각하지 않습니다. 인공지능이 인간을 흉내 내려고 하면 할수록, 인간이 아니라는 사실만 더 부각될 뿐입니다."

"기억을 가진 인공지능이 얼마나 뛰어난지는 구해준 씨도 경험으로 잘 알지 않습니까?"

의건의 미소가 한층 더 짙어졌다. 기분이 좋지 않다는 증거였다. 해준의 두려움도 한층 더 커졌다.

"다른 파트너들과 많이 달랐을 텐데요. 그래서 구해준 씨도 그 파트너의 인간다움에 빠져든 것 아닙니까?"

의건은 세린의 기억을 가진 엘이 해준을 택한 사실에 여전히 분노하고 있는 것 같았다. 그러나 엘의 인간다움은 세린의 기억 때문이 아니라 나미의 해킹 때문이었다.

"글쎄요. 잘 모르겠습니다."

의건은 바로 웃음을 터뜨렸다.

"그거 알아요? 구해준 씨의 거짓말은 티가 납니다. 아주 많이."

해준은 채찍으로 맞은 듯 흠칫 굳었다.

"러브온의 방어막을 뚫어낸 전무후무한 능력을 가진 해커가 한 일은 하나였습니다. 파트너를 조종해서 당신을 차지하는 것뿐이었죠. 왜 그랬을까요?"

해준은 지나치게 의건을 얕잡아 봤다는 것을 깨달았다. 의건은 이미 해커와 해준의 연관성을 파악하고 있었다. 어쩌면 나미의 정체까지 알아냈을지도 몰랐다.

"그 파트너는 특별하게 만들어졌습니다. 기억을 가지고 있거든요. 이미 알고 있는지 모르겠지만."

심장을 꿰뚫을 듯 날카로운 의건의 눈빛에 해준은 발가벗은 듯한 기분이 들었다. 해준은 의건의 시선을 피해 고개를 내렸다.

"흥미로운 건 해커의 연결이 끊긴 상태에서도 파트너가 구해준 씨를 원했다는 사실입니다. 마치 구해준 씨를 사랑하는 것처럼 말입니다."

해준은 어떻게 반응해야 할지 난감한 기분이었다. 의건은 사랑이라는 단어를 성적 관계가 아니라 정서적인 감정을 뜻하는 말로 사용하고 있었다. 인공지능이 감정을 가진 존재라는 듯 말하는 것이 당혹스러웠지만, 굳이 반박하지 않았다.

"누군가를 사랑했던 기억이 또 다른 이를 사랑할 수 있게 만든 겁니다. 기억을 가진 인공지능이라면 인간과 완벽한 관계를 가질 수 있다는 내 생각이 옳았습니다."

의견의 결론에 해준은 할 말을 잃었다.

"구해준 씨 덕분입니다. 앞으로 기억 추출 실험에 참여해 준다면 더 큰 도움이 될 겁니다."

정중한 부탁이었다. 동시에 노골적인 협박이기도 했다.

"도움을 못 드려 죄송합니다."

의견이 두려웠지만, 순순히 굴복해서 스스로를 제물로 바칠 수는 없었다.

"뭐, 괜찮습니다. 거절은 구해준 씨의 자유니까요. 하지만 거절을 받아들이지 않는 것은 내 자유겠죠."

여유를 거둔 의견은 포식자의 시선으로 해준을 노려보며 섬뜩하게 만들었다. 그제야 해준은 도주로를 차단당했다는 사실을 깨달았다. 독 안에 든 쥐 신세가 된 것이다.

"날 돕지 않는다면, 구해준 씨가 사랑한 해커는 절대 무사하지 못할 겁니다."

맹수는 드디어 사냥감을 낚아챘다. 해준은 의견에게 물린 모가지에서 피가 나는 것만 같았다. 정신을 차리려고 기를 쓰는 해준을 모습을 보며 의견은 빙그레 웃었다. 사냥을 마친 포식자의 만족스러운 미소였다.

발걸음이 한없이 무거웠다. 사냥당한 기분은 처참했다. 남은 것은 너덜너덜한 상처뿐이었다. 해준은 한시라도 빨리 집에 가서 눕고 싶다고 생각하며 아파트 입구에 들어섰다. 어디선가 소란이 인 듯 주민들이 술렁이고 있었다. 경찰차가 와 있는 것도 눈에 띄었다. 왠지 모를 두려움을 느낀 해준은 마치 범인이라도 된 듯 옷깃을 여미고 고개를 푹 숙였다.

37층에서 엘리베이터가 멈췄다. 해준은 한숨을 내쉬었다. 곧 집 문을 열고 들어서기만 하면 쉴 수 있었다. 그런데 엘리베이터 문이 열리자 그 기대는 사라졌다. 옆집에서 나오는 경찰이 보였다. 좋지 않은 일이 생긴 것이 분명했다.

불안해진 해준은 다급히 경찰에게 다가가 물었다.

"무슨 일이 있습니까?"

"실종 신고가 접수돼서요."

해준은 이해가 가지 않았다. 보안 시스템으로 모든 사람들의 동선을 실시간으로 추적할 수 있는 세상에서 실종이라는 낡은 용어를 듣게 될 거라고는 전혀 생각지 못했다.

"보안 시스템이 고장 났습니까?"

경찰의 얼굴은 당혹감으로 물들었다. 불필요한 말을 했다는 것을 깨달은 것이다.

"보안 시스템에는 전혀 문제가 없습니다. 쓸데없는 추측은 삼가시죠."

해준은 화가 울컥 치밀어 올랐다.

"앞뒤가 안 맞지 않습니까? 보안 시스템에 문제가 없는데 어떻게 사람이 사라질 수 있습니까? 지금 소재 파악도 안 된다는 뜻 아닙니까?"

경찰은 불쾌하다는 듯 얼굴을 찌푸렸다.

"여기 사는 여자분과 어떤 관계이십니까?"

해준은 말문이 막혔다. 나미와 해준은 무슨 사이라고 규정할 수 없는 관계였다. 오랜 기간 옆집에 살았으나 서로에게 무관심했던 사이, 세상이 꺼졌던 단 하루를 함께한 사이. 그 이상도 그 이하도 아니었다.

"옆집에 삽니다."

"아무 사이도 아닌데, 과도한 관심 아닙니까?"

해준은 반박할 말을 찾기 어려웠다. 타인에 의해 정의된 해준과 나미의 관계는 아무것도 아닌 사이일 뿐이었다. 스스로도 나미와의 관계를 정의할 다른 말을 찾지 못했다.

"상관 말고 집으로 들어가시죠."

경찰의 단호한 말에도 해준은 움직이지 않았다. 나미가 실종되었다는 소리를 듣고 노저히 이내로 집에 들어길 수가 없었다.

"보안 시스템이 작동하는데 사람이 실종되었다는 게 이

상하지 않습니까? 시민으로서 불안감을 느끼는 게 정상 아 닙니까? 언론에 제보라도 해야 할까요?"

경찰은 한숨을 내쉬었다. 문제가 커지는 일은 반드시 피 해야 할 일이었다.

"회사에서는 실종 신고를 했지만, 도주 사건으로 보고 있 습니다. 개조된 불법 차량을 타면 실시간 추적이 힘듭니다. 다시 말씀드리지만, 보안 시스템의 문제가 절대 아닙니다."

"집으로 돌아오지 않고 도주할 이유가 있습니까?"

"그건 조사를 해보면 나오겠죠."

더 이상은 물어볼 수가 없었다. 옆집 남자로서 지나친 간 섭이었다. 해준은 입 밖으로 터져 나올 것 같은 의문들을 누르고 발걸음을 돌렸다.

집에 돌아온 해준은 가상현실 장비를 착용했다. 세린이 알려준 아이디와 비밀번호를 컴퓨터에 입력했다. 하지만 이번에도 역시 등록되지 않은 아이디라는 문구만 뜰 뿐이 었다. 수없이 시도했지만 단 한 번도 세린이 만든 가상현실 로 가는 문은 다시 열리지 않았다.

해준은 신경질적으로 장비를 벗어 던졌다. 의견의 압박 은 노골화되고 나미는 사라졌는데 세린은 연락 두절이었 다. 앞날에 대한 공포가 부풀어 올라 심장이 풍선처럼 팽팽

해진 기분이었다. 금방이라도 터질 것만 같았다.

문득 세린이 주고 간 휴대폰이 머릿속을 스쳤다. 다급히 서랍을 열어 휴대폰을 꺼냈다. 세린이 남긴 또 다른 문자가 없는지 확인했지만 새로운 메시지는 없었다. 실망감에 휴대폰을 던지려던 찰나, 세린이 이전에 보낸 문자에 적힌 전화번호가 보였다.

혹시나 하는 마음에 전화번호를 눌렀다. 놀랍게도 신호음이 갔다.

왜 이 생각을 하지 못했을까? 유물 같은 물건이기는 하지만 이것의 원래 쓰임새가 전화기라는 사실을 완전히 망각하고 있었다.

잠시 후, 상대편이 전화를 받은 듯 신호음이 끊겼다.

"유세린 씨, 맞습니까?"

해준은 잔뜩 긴장한 목소리로 세린을 불렀다. 그리고 마침내…….

— 오래 걸렸네요.

세린의 목소리가 들렸다. 구세주를 만난 기분이었다.

"이 방법으로 연락될 거라고 생각을 못 했습니다."

— 쉬운 길을 두고 어려운 길로 돌아가는 게 인간의 어리석음이죠. 단순하고 쉬운 길은 정답이 아닐 거라고 생각하거든요. 이제 마음을 정했나요?

해준은 더 이상 숨길 것이 없었다.

"제가 뭘 하면 됩니까?"

— 최대한 정의건에게 협조해요.

전혀 예상치 못한 세린의 말에 해준은 말문이 막혔다.

"네?"

— 결정적인 순간까지 인내심을 갖고 기다려요. 분명 기회가 생길 거예요.

세린이 의건에게 했던 배신의 방법일 것이다. 해준은 세린의 편에 서기로 마음을 정했지만, 그 전에 해결해야 할 문제가 있었다.

"한 가지 부탁이 있습니다."

— 부탁이 아니라 조건을 내거는 것 같은데요.

"저에게 중요한 문제라서요."

세린은 해준을 애태우려는 듯 한참 만에 답변했다.

— 좋아요.

세린의 답이 떨어지자, 자기도 모르게 긴장했던 해준은 안도의 한숨을 내쉬었다.

— 조건이 뭐죠?

"실종자를 찾아주세요."

— 누구를?

해준은 어떻게 답해야 할지 다시 한번 망설였다.

"옆집에 사는 사람입니다."

여러 단어가 머릿속을 오갔지만, 결국 입 밖으로 내뱉은 말은 그뿐이었다.

— 단지 옆집 사람일 뿐인가요?

해준은 쉽게 답하지 못했다.

— 됐어요. 그쪽 사생활은 나도 관심 없어요.

왠지 쌀쌀맞은 세린의 말에 위축된 해준은 조심스럽게 물었다.

"찾는 게 가능할까요?"

— 전화받아요. 연락할 테니까.

해준이 대답을 하기도 전에 전화가 뚝 끊겼다. 할 말을 마친 세린이 끊어버린 것이다.

잊을 뻔한 사실이 다시 한번 각인됐다. 세린은 의건과 같은 부류의 사람이었다. 의건에게 맞서기 위해 세린의 편에 서는 것이 옳은 선택인지 순간적으로 의구심이 들었다. 하지만 의건에게 굴종하는 것 이외에 해준이 할 수 있는 유일한 선택은 세린의 손을 잡는 것뿐이었다.

무엇보다 나미를 찾아야 했다. 이미 나미가 도주한 것으로 결론을 내려버린 경찰이 그녀를 찾는 데 열성을 낼 리 없었다. 해커의 정체를 어느 정도 파악하고 있는 것이 분명한 정의건이 나미를 먼저 찾는다면 어떤 일이 벌어질지 몰랐다.

해준은 휴대폰을 꽉 움켜쥐었다. 지금 해준이 의지할 수 있는 것은 오직 이것뿐이었다.

15
죄수

나미는 열 살 때 바다에서 헤엄치고 놀다가 큰 파도에 휩쓸린 적이 있었다. 인터넷이 끊어져 세상과 완전히 단절된 시간은 죽음 직전의 기억과 몹시 닮아 있었다. 자신을 구해 준 남자의 얼굴을 나미는 기억하지 못했다. 하지만 차가운 물 속에서 자신을 안아주었던 강인한 근육의 촉감만큼은 생생히 기억했다.

남자의 단단한 가슴에 안긴 순간, 나미는 이제 살았다는 안도감을 느꼈다. 곧바로 의식을 잃었고, 구조된 후에도 며칠간 병원에서 생사를 헤맸지만 결국 살아났다. 낯선 남자의 단단한 근육 덕분이었다.

재앙의 밤, 두 번째 죽음의 위기에서 나미를 살린 것도 낯선 남자였다. 극도의 불안에 떨던 나미는 옆집 문이 열리자 어린 시절 물에 빠진 자신을 구해주었던 남자에게 안긴 때처럼 안도했다.

그의 손을 잡았을 때, 생전 처음 따스함을 느꼈다.

그의 입술과 닿았을 때, 심장이 터져버릴 듯한 떨림을 느꼈다.

마침내 그와 하나가 되었을 때, 말로 표현할 수 없는 경이와 충만감을 느꼈다.

새로운 존재로 다시 태어난 기분이었다. 트랜스 휴먼 수술을 마치고 느꼈던 환희가 빛을 잃을 만큼 강렬하고 아름다운 경험이었다. 해준은 단절된 세상에서 유일하게 연결된 존재였다. 하지만 그 아름다움은 한순간에 지옥으로 곤두박질쳤다. 인터넷이 복구되고 세상과 연결되자, 그와의 연결이 끊어졌다. 더없이 친절했던 해준은 돌변하여 나미를 짓밟았다.

천국과 지옥이 공존하는 그날의 기억들이 모였다 흩어지기를 반복했다. 모래사장에 밀려드는 파도처럼 때로 잔잔하면서도 때로 거칠게, 오케스트라의 연주처럼 화려하다가도 사막처럼 고요하게, 기억은 움직이다 멈추고 다시 흘러갔다.

'이제 일어날 시간입니다.'

기억 사이를 비집고 들려오는 소리가 있었다.

'일어나세요.'

남자의 목소리였다. 누굴까 생각했지만 떠오르는 이가 전혀 없었다.

"일어나세요."

나미는 두 눈을 번쩍 떴다. 나뭇잎 사이로 내리쬐는 햇살이 두 눈을 찔렀다. 햇살을 피해 고개를 돌리니 처음 보는 낯선 풍경이 펼쳐져 있었다. 평화로운 풀밭과 꽃나무 그리고 고전 영화에서나 보던 대저택이 바로 눈앞에 있었다.

소름이 끼친 나미는 벌떡 일어났다. 뒤늦게 자신이 침대 위에 있다는 것을 깨달았다. 놀랍게도 정원 한가운데 있는 침대였다.

대체 여기가 어디지?

침대에서 벗어난 나미는 의문을 품고 저택을 향해 걸어갔다. 그런데 탁! 무언가에 부딪혀 넘어졌다. 주위를 두리번거리면서 살펴보았지만 장애물은 보이지 않았다. 허공에 손을 허우적거리자 앞을 가로막은 무언가가 만져졌다. 투명한 벽이었다.

겁에 질린 나미는 반대편으로 달려갔다. 또다시 벽에 부딪혀 넘어졌다. 다른 쪽으로 가도 마찬가지였다. 몇 걸음을 가지 못해 벽에 가로막혔다. 사방이 벽이었다. 그제야 정원

한가운데 투명한 감옥에 갇혔다는 사실을 깨달았다.

쾅! 쾅! 쾅! 나미는 미친 듯 벽을 두드렸다.

"저기요! 누구 없어요?"

그때였다. 저택의 현관문이 열리고, 누군가 나미를 향해 걸어왔다. 자신을 깨운 목소리의 주인공이라는 사실을 바로 알 수 있었다. 가까이 다가올수록 압도적인 아우라가 선명해졌다. 직접 만나리라고는 상상도 하지 못한 남자였다.

나미 앞으로 걸어온 남자는 투명한 유리 벽에 손을 댔다. 그러자 거짓말처럼 벽이 사라졌다. 마치 처음부터 존재하지 않았던 것처럼.

쿵, 쿵, 쿵…… 나미의 심장이 빠르게 뛰었다. 미디어에서 수집한 자료에서나 볼 수 있었던 세계적인 거물이 손을 뻗어 나미에게 악수를 청했다.

"처음 뵙겠습니다. 정의건입니다."

혹시 가상현실인 걸까? 나미는 혼란에 빠져 의건이 내민 손을 맞잡을 생각도 하지 못하고 서 있었다.

악수를 거부당해 불쾌한 듯 의건은 미간을 찌푸렸다.

"대체 여기가 어디예요?"

나미는 주위를 다시 둘러보며 금방이라도 울 듯한 표정으로 물었다.

"천천히 알아가죠. 시간은 아주 많으니까요."

의건이 내민 손을 거두며 미소로 답했다. 의건의 섬뜩한 미소를 보며 나미는 눈동자에 고였던 눈물이 한순간에 증발하는 기분이 들었다. 심상치 않은 일이 벌어지고 있는 것이 틀림없었다. 두려움에 빠진 나미는 비 맞은 새처럼 어깨를 떨었다.

저택 안으로 들어온 나미는 웅장한 규모와 화려한 광경에 압도됐다. 잔뜩 긴장한 채 고아 시절부터 몸에 밴 오랜 습관대로 눈치를 살폈다.

"나미 씨는 귀한 손님입니다. 앞으로 편안히 지내기 바랍니다."

의건은 마치 나미가 제 발로 이곳에 찾아왔다는 듯이 말하고 있었다. 나미는 어이가 없었지만 침묵했다.

그것과 싸우다가 또다시 거리에서 쓰러진 지점에서 나미의 기억은 끊어져 있었다. 의건이 나미를 납치하듯 데려온 것이 뻔했지만, 이유는 짐작조차 할 수 없었다. 모든 것을 다 가진 남자가 대체 무엇을 바라고 데려온 걸까?

"궁금한 게 아주 많은 표정이군요."

의건은 나미의 속내를 꿰뚫어 보는 양 말했다.

"하루에 하나씩 답변해드리죠. 궁금증이 풀려서 더 이상 질문할 것이 남지 않으면, 그때 떠나는 게 어떻겠습니까?"

권유의 형식을 띠고 있었지만 사실상 협박이었다. 자신이 해주는 대답을 전부 듣기 전에는 떠날 수 없다고 경고한 것이다.

"물론 저의 답변을 듣고 싶다면 대가를 치러야겠죠. 세상에 공짜는 없으니까요."

원한다면 세상 전부도 살 수 있는 막대한 부를 가진 남자였다. 이런 남자가 도대체 어떤 대가를 바라는 걸까.

"대단한 것을 바라는 건 아닙니다. 나미 씨가 가진 기억의 작은 조각 하나면 충분합니다."

나미는 의건을 이해할 수가 없었다. 기억을 달라고? 어쩌면 다른 천재들처럼 의건도 제정신이 아닌지도 몰랐다.

"오늘의 대가는 이미 받았으니, 원하는 질문을 하세요."

"대가를 이미 받았다고요? 제가 어떤 걸 드렸죠?"

"나미 씨의 기억 한 조각을 받았습니다."

"네?"

나미는 미쳤냐고 물으려던 것을 가까스로 참았다. 당혹감에 젖은 나미의 눈동자를 보면서 의건은 만족스러운 듯 미소를 지었다.

"흥미로운 기억이더군요. 재앙의 밤을 그토록 뜨겁게 보내다니 말입니다."

순식간에 나미의 얼굴은 수치심으로 달아올랐다. 가장

은밀한 기억을 누군가에게 들킬 줄은 상상도 하지 못했다. 대체 어떻게 이런 일이 벌어질 수 있을까?

"저한테 최면이라도 걸었나요?"

거의 패닉 상태가 되어 내뱉은 나미의 말에 의건은 웃음을 터뜨렸다. 허리를 구부리며 웃음을 참지 못했다. 나미는 의건이 죽이고 싶게 얄미웠지만, 있는 힘을 다해 참았다.

겨우 웃음을 멈춘 의건은 나미에게 다시 손을 내밀어 악수를 청했다. 잠시 망설이던 나미는 무언가에 이끌리듯 의건이 내민 손을 잡았다.

"내 집에 온 걸 환영합니다. 앞으로 우린 좋은 관계가 될 것 같네요."

의건은 나미가 빠져나갈 수 없도록 압박하며 손을 세게 잡았다. 그런 의건이 두려웠지만 나미는 질문을 멈추지 않았다.

"왜 저를 여기로 데려오신 거죠?"

"오늘의 질문에 대한 답은 이미 다 한 것 같은데요. 궁금하면 그건 내일 질문해요. 하루에 질문은 하나씩. 그게 우리의 거래 조건이니까요."

나미는 거래가 아니리 강압이라고 반박하고 싶었지만, 할 수 없었다. 아무리 궁궐 같은 저택일지라도 자유의지로 나갈 수 없다면 감옥일 뿐이었다. 간수가 정한 규칙에 따르는 편이 안전했다. 다만, 살아서 나갈 수만 있기를 기도하며 눈을 감았다.

∞

의건의 저택에서 머무는 생활은 예상보다 힘들지 않았다. 오히려 몸 둘 바를 모를 정도로 과분한 대접을 받았다. 이렇게 사는 것도 나쁘지 않겠다는 생각이 들 정도로 안락한 감옥이었다.

의건은 하루에 질문 하나라는 원칙은 고수했지만, 나미의 질문에 기대 이상으로 친절히 답해주었다. 덕분에 나미는 도저히 납득할 수 없을 것 같던 상황을 어느 정도 받아들일 수 있게 되었다.

의건의 능력은 상상 이상이었다. 잠을 자는 동안 기억을 추출하여 외부 장치에 저장하고 영상처럼 재생하는 기술을 갖고 있었다. 세계 곳곳의 무수한 정보와 연결되어 있던 나미조차도 들어본 적 없는 경이로운 기술이었다. 재앙의 밤에 침대 위에서 펼쳐진 기억이 화면에서 재생되는 것을 두 눈으로 똑똑히 보기 전까지는 그 사실을 믿기 힘들 정도였다.

나미가 깨어났던 정원의 침실은 기억 추출을 위한 실험

실이었다. 의견은 아직 기술의 완성도가 높지 않아 추출할 수 있는 기억이 작은 조각에 불과하다고 설명했다. 인류에게 축복일지 재앙일지는 미지수이지만 세상을 뒤바꿀 과학적 진보임에는 틀림이 없었다.

나미는 일곱 번의 기억 추출 실험에 참여했다. 첫날 추출한 재앙의 밤에 대한 기억 외에도, 고아 시절 외로움에 울던 기억, 나노칩을 삽입한 날의 기억, 잠을 자지 못해 뒤척인 날의 기억, 길거리에서 쓰러졌던 기억 등 일곱 개의 조각난 기억들이 차례로 추출되어 외부 장치에 저장되었다.

기억을 준 대가로 나미는 질문에 대한 답변을 얻었다. 알게 된 것 중 가장 충격적인 사실은 의견이 나미를 집에 데려온 이유였다.

"러브온의 방어막을 뚫은 해커가 당신이니까요."

나미는 의견의 대답을 한동안 멍하니 곱씹었다. 한참 후에야 겨우 입을 열 수 있었다.

"난 해킹한 적이 없어요."

의견은 나미의 무죄 주장을 가볍게 무시했다.

"겁낼 건 없습니다. 나미 씨를 경찰에 넘기지 않고, 내 집에 편안히 모시고 온 건 함께 일하고 싶어서니까요."

나미는 억울했다.

"난 정말 아니에요."

"발뺌해도 소용없습니다. 나미 씨가 트랜스 휴먼이라는 건 알고 있습니다. 그래서 해킹이 가능했다는 것도 말입니다."

그제야 나미는 해킹을 저지른 게 누구인지 알아챘다. 하지만 그것의 존재를 의건에게 밝힐 수는 없었다. 얼어 있는 나미를 보던 의건이 자애로운 미소를 띠며 말했다.

"천천히 서로에 대해 알아가죠. 시간은 많으니까요."

집에 보내줄 생각이 없다는 뜻이었다. 앞이 깜깜했다. 나미는 간수장의 허락 없이는 돌아갈 수 없는 죄수 신세가 된 것에 낙담했다. 불행히도 나미의 예감은 틀리지 않았다.

"더 이상 궁금한 게 없어요. 전 이만 집에 돌아가겠어요."

의건에게 납치된 지 일주일이 된 날이었다. 일곱 번째 기억을 추출한 날이기도 했다. 나미는 유일하게 의건을 독대하는 질문 시간에 용기를 내어 집에 돌아가겠다는 뜻을 밝혔다.

"이대로 돌아가면 경찰에 체포될 겁니다. 그때는 나도 도울 수가 없습니다."

의건은 나미를 순순히 돌려보낼 생각이 없다는 것을 분명히 했다.

"아시잖아요. 저는 정부 소속이에요. 러브온을 위해 일할 수 없어요."

"나미 씨가 결심한다면, 방법은 내가 만들겠습니다."

의건의 단언에도 나미는 받아들일 수 없었다.

"정말 내가 한 일이 아니에요."

"같은 말을 반복하는 것은 좋은 습관이 아닙니다."

의건의 싸늘한 경고에 나미는 심장이 조이는 기분을 느꼈다. 더 이상 선택의 여지가 없다는 것을 깨달았다.

"나노칩이 고장 났어요. 내 말을 듣지 않아요."

나미는 결국 진실을 털어놓았다.

"무슨 뜻입니까?"

"내 머릿속에 있는 나노칩이 해킹범이라는 뜻이에요."

의건은 나미의 말이 진실인지 거짓인지 가늠하려는 듯 날카로운 시선으로 바라보았다.

"증명할 수 있습니까?"

나미는 미심쩍어하는 의건에게 보여주고 싶었지만 방법이 떠오르지 않았다. 저택에 머무는 일주일 내내 그것을 불렀지만 답이 없었다. 제어기가 차단된 상태에서도 존재를 드러내며 가족이 되어주겠다고 지껄이던 그것이 감쪽같이 사라져버린 것이다.

"그건 곤란해요. 내 뜻대로 움직일 수가 없어요."

의건은 소리 없이 입을 동그랗게 말아 놀랍다는 표정을 지었다. 그러고서 고민하는 듯 침묵했다. 긴 침묵이 나미의 심장을 짓눌렀다.

"거짓말이 아니에요."

억울한 마음을 추스르지 못한 나미가 울컥하며 말했다.

"만약 사실이라면 공평하지 않은 것 같군요. 나미 씨가 짓지 않은 죄에 대한 벌을 받아야 하는 상황이니까요."

나미는 반색했다.

"맞아요. 난 죄가 없어요. 그것이 제멋대로 해킹한 것뿐이니까요."

"하지만 나미 씨의 몸속에 있는 인공지능 아닙니까? 책임이 없다고 할 수 없겠죠."

의건의 지적에 나미는 희미하게 희망이 어린 표정을 또다시 거두고 입을 다물었다.

"완벽하게 분리하는 방법도 있습니다."

"무슨 뜻인가요?"

"나노칩을 넘겨달라는 뜻입니다. 그러면 죄에서 자유로워질 겁니다."

의건은 마치 너그러운 제안을 하는 사람처럼 말했다. 그러나 나미는 그의 태도를 이해할 수도, 그 제안을 수용할 수도 없었다.

"망설이는 이유가 뭐죠?"

나미의 침묵이 불쾌한 듯 의건이 대답을 재촉했다.

"나노칩은 국가의 소유예요. 내 마음대로 처분할 수 없어요. 그리고 나노칩을 제거하면 생명에 문제가 생길 수 있다고 했어요."

나미는 센터장에게 들었던 말을 털어놓았다. 그러나 의견의 표정에는 변화가 없었다.

"모든 문제는 내가 해결합니다. 나미 씨는 날 믿고 따르기만 하면 됩니다."

의견은 어떤 반발도 허용하지 않겠다는 듯 단호했다. 나미는 더 이상 버틸 재간이 없었다. 결국 간수장이자 심판자인 의견 앞에서 고개를 끄덕이며 복종의 의사를 표했다. 그제야 의견은 표정이 환해졌다. 사냥을 마친 맹수의 만족스러운 미소였다.

16
친구

한 달 전 나미의 실종 사실을 알게 된 이후 해준은 미칠 지경이었다. 실종 다음 날 세린에게 다시 전화를 걸었지만, 용건 없는 전화는 위험하니 연락하지 말라는 따끔한 일침을 들었을 뿐이었다. 그 후 해준의 시간은 온통 기다림이었다. 한 달 내내 초조하게 세린의 연락과 나미의 소식을 기다렸지만 어떤 것도 들을 수 없었다.

현장 조사를 위해 다시 찾아온 경찰에게 캐물어 알게 된 사실은 나미의 실종 사건이 이미 범죄 후 도주 사건으로 전환된 상태라는 것이었다. 경찰은 구체적인 범죄 사실에 대해서는 함구했지만 해준은 나미가 저질렀다는 중범죄가 무엇인지 짐작이 갔다.

러브온을 해킹한 사실이 발각된 것이 분명했다. 하지만 도무지 이해하기 어려운 점이 있었다. 해킹 사실이 드러났다 해도 집과 직장을 버리고 도주할 이유가 없었다. 나미의 해킹은 러브온의 시스템에 어떤 손상도 일으키지 않았다. 재산적 피해가 발생하지 않았으니 법적으로 크게 처벌받을 일이 아니었다.

나미가 러브온에 침입하여 한 일이라고는 고작 해준을 유혹한 것뿐이었다. 왜 그런 무모한 짓을 저질렀는지조차 이해할 수 없었다. 나미에 관한 모든 것이 수수께끼였다.

정의건 역시 마찬가지였다. 그는 해준의 머리로는 도무지 풀 수 없는 난해한 암호였다. 기억 추출 실험을 당장이라도 하자고 할 줄 알았는데, 매일같이 대표실에 불러 사적인 질문을 쏟아내기만 했다. 어떻게 자랐는지, 취향은 무엇인지, 친한 사람은 누구인지 시시콜콜하고 쓸데없는 질문이 대부분이었다.

가장 풀리지 않는 미스터리는 프로젝트가 진척은커녕 실마리조차 찾지 못하고 있음에도 불구하고 의건의 기분이 점점 더 좋아지고 있는 것처럼 보인다는 점이었다. 심지어 오늘은 어울리지 않게 콧노래까지 흥얼거렸다. 의건의 기분이 고조될수록 해준은 더욱 긴장했다.

의문투성이라는 점을 제외하면 일상은 고요했다. 하지

만 이상하게 마음이 편치 않았다. 먼바다에서 바람이 불어오는 듯한 착각이 들었다. 마치 폭풍 전야처럼 해준은 무슨 일이 터질 것 같은 불길한 기분을 떨칠 수가 없었다.

"무슨 생각을 합니까?"

의건의 목소리가 상념에 빠져 있던 해준을 깨웠다. 정신을 차린 해준은 군기가 바짝 든 군인처럼 고개를 깊이 숙이며 사과했다.

"죄송합니다."

의건은 못마땅한 듯 미간을 찌푸렸다.

"내가 아직도 많이 불편합니까? 대체 어떻게 해야 구해준 씨와 친해질 수 있습니까?"

해준은 진심으로 친해지고 싶어 안달이 난 사람처럼 구는 의건을 이해할 수 없었다. 과도한 호의를 억지로 안기는 것은 상이 아닌 벌이었다. 지금도 답변을 기대하는 의건의 열렬한 시선이 숨 막히게 부담스러웠다.

"제가 어떻게 대표님과 친구처럼 지낼 수 있겠습니까?"

해준은 의건의 시선 압박을 견디지 못하고 입을 열었다.

"내가 허락했는데 왜 안 됩니까? 내 마음에 드는 사람을 만나기는 정말 어렵습니다. 아내를 만난 것도 천운이었죠."

아내를 언급할 때마다 의건의 눈동자는 설렘과 그리움으로 찰랑였다. 자신을 떠나려 하는데도 여전히 가장 소중하게 여긴다는 듯.

그럴 때마다 해준은 세린이 의건에게 품은 증오의 눈동자를 떠올렸다. 의건이 아무리 제 마음을 고전적 의미의 사랑으로 포장하려 애써도 그건 병적인 소유욕에 지나지 않는다는 사실을, 그가 세린을 갖기 위해 부모마저 살해한 잔혹한 남자라는 사실을 잊지 않았다. 그런 그에게 책 속에서나 보았던 사랑이 존재할 리 없었다.

"오해는 하지 말아요. 구해준 씨 외모가 괜찮은 편이지만, 남자를 성적 대상으로 보지는 않습니다."

의건은 긴장을 풀어주려는 듯 농담을 건넸다. 하지만 의도와 달리 해준은 더욱 굳었다.

"마음을 터놓는 친구를 한 번도 가져본 적이 없습니다. 그래서 이렇게 구해준 씨와 대화를 나누는 것이 얼마나 즐거운지 모릅니다."

철저한 갑을 관계라는 걸 알면서 친구라니 가당치도 않은 말이었다. 포식자의 친절은 피식자의 경계심을 더욱 높일 뿐이었다.

"편안하게 생각해요. 그만큼 구해준 씨가 특별하다는 의미입니다."

"저는 일개 직원일 뿐입니다. 대표님께서 왜 그렇게 생각하시는지 모르겠습니다."

해준의 항변에 의견은 빙그레 미소를 지었다.

"곧 알게 될 겁니다. 내가 왜 구해준 씨를 마음에 들어 하는지, 구해준 씨가 얼마나 특별한 사람인지 말입니다."

온몸에 소름이 쫙 끼쳤다. 폭풍이 가까이 다가오고 있다는 징조였다.

"우리는 분명 좋은 친구가 될 겁니다. 파트너가 아닌, 패밀리에 가까운 진짜 친구 말입니다."

핏기가 가신 해준의 얼굴은 창백하다 못해 금방이라도 쓰러질 것 같았다.

"주말에 파티가 있습니다. 구해준 씨가 꼭 와주었으면 합니다. 직원이 아니라 내 친구로서 초대하는 겁니다."

한번 들어가면 빠져나올 수 없는 덫이라는 것을 알면서도 해준은 거절할 수가 없었다. 처음부터 해준에게는 선택의 여지가 존재하지 않았다.

"알겠습니다."

그렇게 해준은 자신을 기다리는 깊고 어두운 나락을 향해 스스로 한발을 내디뎠다.

∞

옆집 초인종을 눌렀다. 나미의 실종 이후 해준이 집에 들어가기 전에 날마다 하는 일종의 의식이었다. 당연히 응답은 없었다. 어느 때처럼 기대를 접고 몸을 돌려 집으로 들어가려는데, 철컥하며 문이 열렸다.

당황한 해준은 반가움보다는 두려움을 느꼈다. 작게 열린 문틈이 마치 유혹하듯 해준을 끌어당기는 것 같았다. 짧은 순간 수많은 생각이 머릿속을 오고 갔다.

나미가 돌아온 걸까? 아니면 나미를 해치려는 누군가가 숨어 있는 걸까?

해준은 불길한 기분에 휩싸였다. 안에 들어가서는 안 될 것 같았다. 그렇지만 안에 들어가지 않으면 답을 얻을 수가 없었다. 나미가 도움이 필요한 상황일지도 모른다는 생각이 들자 해준은 고민을 멈추고 문을 열었다.

문 앞에는 상상치도 못한 사람이 서 있었다. 나미와 전혀 상관없는 사람이었다.

"이게 대체 어떻게 된 일입니까?"

"들어와요."

해준의 눈앞에 선 이는 유세린이었다. 세린이 마치 자기 집처럼 해준을 맞이했다.

"등잔 밑이 어둡다고 하잖아요. 여기가 더 안전할 거에요. 휴대폰에 해킹 흔적이 있어서요."

"나미 씨 행방을 찾은 겁니까?"

세린은 해준의 질문에 긍정도 부정도 하지 않았다.

"먼저 구해준 씨의 의지를 확인해야겠어요. 어디까지 협조할 수 있겠어요?"

"어디까지 원하십니까?"

"목숨까지 원한다면 할 수 있겠어요?"

정의건에게 맞서야 한다고 했을 때 위험을 각오하지 않은 것은 아니었다. 하지만 뻔뻔하게 목숨까지 요구하는 태도에 도리어 반발심이 생겼다.

"고작 옆집 여자의 행방을 알기 위해 목숨을 걸라는 말씀이십니까?"

"고작 옆집 여자가 아니잖아요."

"오해를 하신 모양이네요. 옆집에 사는 이웃, 그 이상도 이하도 아닙니다."

"거짓말을 하네요. 난 언제나 진실만을 말하고 있는데."

자신이 틀릴 리 없다는 자신만만한 세린의 태도는 의건을 떠올리게 했다. 미워하면서 닮아간 걸까. 아니면 처음부터 비슷한 부류였던 걸까.

"마음을 숨기지 말아요. 그 여자가 필요하잖아요."

세린은 아름답기 그지없는 얼굴로 한층 더 강하게 해준을 압박했다. 가상현실이었지만 현실보다 더 뜨겁게 몸을 섞었던 여자의 얼굴이었다. 해준은 자연스럽게 흔들리는 마음을 붙들려 애쓰며 선을 그었다.

"저도 모르는 제 마음을 어떻게 안다고 장담하십니까?"

해준을 바라보는 세린의 표정이 진지해졌다.

"가끔 생각해요. 차라리 진실을 몰랐다면 어땠을까. 아무것도 모르는 정의건의 아내로 남았더라면……."

세린의 얼굴에서 보기 드문 회한이 어렸다.

"지금보다는 행복했겠죠."

뜻밖의 대답에 해준은 눈을 크게 떴다.

"하지만 언젠가 진실을 알게 되는 순간, 몇 배로 더 참담해졌겠죠. 지금보다 열렬히 정의건을 증오하게 될 거고요."

세린에게서 복잡한 감정이 느껴졌다. 해준은 그 감정을 한 단어로 말하자면 '미련'이 아닐까 생각했다.

"궁금하지 않아요? 내가 정의건과 어떻게 결혼한 건지."

사실 줄곧 궁금했다. 가상현실에서 세린이 보여준 기억에 의하면 세린과 의건은 남매였다. 차마 물을 수 없었던 이야기를 세린이 먼저 꺼냈다.

"우리는 피가 섞인 관계가 아니에요."

세린이 어느 때보다 가라앉은 말투로 자신과 의건의 이야기를 시작했다.

정의건은 고아였다. 여섯 살 때 테스트에서 천재성이 발견됐고, 수학 교수였던 유건호에게 입양됐다. 유건호의 교육하에 의건의 천재성은 빠르게 꽃피웠다. 열두 살 무렵에는 유건호의 수학 실력을 뛰어넘을 정도였다.

세린이 태어난 것은 의건을 입양하고 1년이 지나서였다. 의건이 처음으로 갓난아이를 가까이서 본 순간이었다. 그토록 반짝이는 눈동자는, 티끌만큼의 악의도 없는 무해한 존재는 처음이었다. 선천적으로 감정을 온전히 느끼지 못하는 의건은 자신이 갓난아이에게 가진 강렬한 감정이 무엇인지 제대로 해석할 수 없었다. 나중에야 의건은 그때 갓난아이를 보며 느낀 감정이 기쁨이라는 사실을 깨달았다. 부모를 얻게 된 후에도 느끼지 못한 감정이었다.

세린이 자라가면서 의건이 느끼는 감정도 다양해졌다. 함께하는 즐거움, 함께하지 못하는 슬픔, 뜻대로 되지 않을 때의 분노, 세린이 다른 이에게 웃을 때 느끼는 질투. 세린이 없었다면 느끼지 못했을 감정이었다. 세린은 의건이 감정을 배우는 유일한 통로였다.

의건은 수학 천재였지만, 감정 부분에서는 열등생이었다. 그는 자신의 감정을 해독하기 위해 수많은 책을 읽으며 연구했다. 각고의 노력 끝에 의건은 자신이 세린에게 느끼는 이 모든 감정을 통틀어 사랑이라고 부른다는 사실을 알았다. 오래된 수학 난제를 풀어냈을 때도 느껴보지 못한 환희가 의건을 덮쳤다. 그 감정은 의건이 훗날 수학을 버리고 러브온을 개발하게 된 원동력이 됐다.

의건은 세린이 태어난 때부터 자신이 느껴온 감정들을 하나하나 상세하게 세린에게 설명해주었다. 평소 감정 표현이 없던 의건의 고백에 세린은 얼떨떨하면서도 가슴이 뛰었다. 의건이 사랑한다고 말하며 키스에 가까운 긴 입맞춤을 했을 때 밀어내지 못한 이유였다. 세린은 사랑의 의미도, 입맞춤의 의미도 알지 못한 채 의건이 주는 것을 그저 받아들였다.

의건의 나이는 열일곱이었고, 세린은 고작 열 살이었다.

유건호는 노발대발했다. 의건의 뺨을 후려치고 추방하듯 미국으로 보냈다. 일평생 처음 한 실수, 단 한 번의 충동적 행동이 가져온 재앙이었다.

세린은 아빠를 원망했다. 아빠를 용서하게 된 건 나이가 들어 의건의 입맞춤에 담긴 의도를 정확히 알고 나서였다. 하지만 의건의 행동이 잘못되었다는 것을 알면서도 의건이 그리웠다. 다시 의건이 돌아왔을 때 뛸 듯 기뻐하며, 금세 예전으로 돌아가 의건에게 의지한 이유였다. 못마땅해하는 아버지의 따가운 눈총에도 아랑곳하지 않았다. 의건을 잃고 싶지 않았다. 세린에게 의건은 결코 떨어질 수 없는 가족이었다.

물론 의견 대신 부모를 잃어야만 한다는 사실을 알았더라면 세린의 선택은 달랐을 것이다. 부모의 갑작스러운 죽음은 세린을 황폐하게 만들었다. 슬픔과 공허에 잠식된 마음은 아무것도 자랄 수 없는 황무지가 되었다. 세린 곁에 남은 것은 오직 의견뿐이었다.

세린이 의견의 청혼을 받아들인 것은 당연한 결정이었다. 마지막 남은 가족을 잃을 수 없었다. 결혼하지 않으면 떠나겠다는 의견의 협박은 세린의 이성을 마비시켰다. 의견을 잃는 것은 세린의 삶을 완전히 무너뜨릴 최후의 재난이었다.

결혼한 뒤 세린은 의견과 함께 러브온을 개발하는 데 매진했다. 공식 석상에는 나타나지 않았기에 러브온 내에서 세린의 역할은 철저히 감춰졌다. 그러나 세린은 어떤 불만도 품지 않았다. 의견의 말대로 부모의 목숨을 앗아간 위험한 바깥세상보다는 의견의 울타리 안에 머무는 게 훨씬 더 안전하다고 믿었다.

결혼 생활은 모든 면에서 흠잡을 데 없이 완벽했다. 세린에게 의견은 유일한 가족이자 세상 전부였다. 세린은 자신의 세상에 만족했다. 부모를 죽인 범인이 의견이라는 사실을 알기 전까지는 분명 그랬다.

처음에는 의견의 기억이 사실일 리가 없다고 부정했다.

의건이 두뇌에서 추출해 컴퓨터에 보관하고 있던 기억이 오염되었다고 생각했다. 하지만 테스트 결과 기억은 조금도 오염되지 않은 온전한 상태였다. 완벽하다고 생각했던 세린의 세상은 한순간에 와르르 무너져 내렸다.

그 후 세린은 의건을 향해 격렬한 증오심을 품고 복수를 준비했다. 스스로를 불임으로 만들었고, 치밀한 준비 끝에 의건이 생각지도 못한 순간 이혼을 선언해 배신감을 안겼다. 세린은 그것으로 의건이 아주 조금이라도 스스로를 되돌아보리라고 생각했다.

문제를 돌이킬 수 없게 된 것은 그 이후였다. 의건은 끔찍한 방식으로 세린을 모욕했다. 세린의 얼굴과 기억을 이식한 인공지능 파트너를 제작한 것이다. 세린이 의건의 세계를 완전히 무너뜨리겠다고 다짐한 계기였다.

"왜 저한테 이런 이야기를 하시는 겁니까?"

세린의 이야기를 잠자코 듣고 있던 해준은 거부감을 표했다. 흥미로운 내용이었지만 지나치게 사적이었다. 세린의 내밀한 이야기를 듣는 자체가 부담스러웠다.

"당신의 협조가 있어야 정의건을 무너뜨릴 수 있으니까요. 난 완벽한 친구가 필요해요."

해준은 자신과 좋은 친구가 될 거라면서 관계를 강요했

던 의견을 떠올렸다. 여러 가지로 세린과 의건은 닮은 점이 많았다.

"전 누구와도 친구가 되고 싶지 않습니다."

해준은 단호히 거절했다.

"난 우리가 친구인 줄 알았는데요. 같은 배를 탔잖아요?"

해준의 거절에 기분이 상한 듯 세린의 말투도 날카로워졌다.

"목적이 같을 뿐입니다. 우리가 굳이 친구일 필요는 없다고 생각합니다."

굳은 표정이던 세린은 갑자기 생긋 미소를 지었다. 해준은 놓았던 긴장의 끈을 다시 잡았다.

"참, 나미 씨의 행적은 찾았어요."

해준은 정신이 번쩍 드는 기분이었다.

"지금 어딨습니까?"

"내 친구도 아닌 구해준 씨한테, 왜 사적인 이야기를 해야 하죠?"

세린은 의건처럼 효과적으로 해준을 압박했다.

"죄송합니다."

깊이 고개를 숙여 사과하는 해준을 보며 세린의 표정도 누그러졌다.

"엘이라고 불렀던가요? 당신의 파트너 말이에요. 내 얼굴과 기억을 훔쳐서 만든 정의건의 작품이 해킹당해 망가진 걸 당신도 알고 있죠?"

해준은 긴장해서 세린을 보았다.

"엘을 망가뜨린 해커가 정의건의 손에 있어요."

순간 해준의 심장이 쿵 내려앉았다. 충격으로 눈동자가 흔들렸다.

"이제 나도 제대로 된 답을 듣고 싶어요. 당신의 친구는 누구죠?"

해준은 목적을 위해 자신을 이용할 뿐인 의건과 세린을 신뢰할 수 없었다. 하지만 원하는 것을 얻으려면 누군가와는 친구가 되어야만 했다.

"나에게 진실을 말해주는 사람, 그 사람이 제 친구가 될 겁니다."

세린은 천사같은 미소를 지으며 악수를 청했다.

"우리는 아주 좋은 친구가 될 거예요."

해준은 세린의 손을 맞잡았다. 따뜻했던 엘과 달리 차가웠다. 가상현실보다 더욱 현실감이 없었다.

17
이방인

영화의 한 장면처럼 현실감이 없었다. 한없이 우아한 상류층의 가든파티는 가상현실 속 판테온보다 거짓 같았다. 낯선 세계에서 해준은 철저한 이방인이었다. 말 한마디 걸어주는 사람이 없었다.

남들의 눈에 띄지 않게 창가 커튼 아래에 선 해준은 사파리에 온 듯 파티를 조망했다. 이름만으로 눈이 휘둥그레지는 저명인사들의 유희를 훔쳐보는 재미가 쏠쏠했다. 중앙의 가장 빛나는 자리에는 이 거대한 저택의 주인이자 파티 호스트인 정의건이 있었다.

해준의 위치에서는 사람들에 둘러싸인 의건의 얼굴을 볼 수 없었다. 이 정도가 의건과 해준이 마땅히 유지해야 할

올바른 거리였다. 지나치게 가까운 곳에서 사담을 나누던 회사에서의 거리가 잘못된 것이었다.

샴페인의 맛은 황홀했다. 필시 해준이 살 수 없는 고액의 샴페인일 것이다. 잔에 찰랑이는 에메랄드 빛깔의 샴페인은 마치 아름다운 보석을 녹여놓은 것만 같았다.

쓸데없는 상념에 빠져 있던 해준은 묘하게 달라진 공기를 느끼고 고개를 들었다. 인파를 뚫고 뚜벅뚜벅 해준을 향해 걸어오는 의건이 보였다.

사람들의 시선이 해준에게 쏠렸다. 대체 누구길래 의건이 관심을 가지는 것인지 의문과 호기심이 어린 눈길이었다. 해준은 쥐구멍에라도 숨고 싶은 심정이었지만 막다른 골목처럼 어디도 피할 곳이 없었다.

"파티는 잘 즐기고 있습니까?"

그럴 리 없다는 것을 뻔히 알면서 내뱉은 의건다운 뻔뻔한 질문이었다. 해준은 어쩔 수 없이 장단을 맞춰주었다.

"네, 대표님 덕분입니다."

"정원이 아름다운데, 함께 구경하겠습니까?"

감미롭고 다정한 목소리였지만, 해준으로서는 거절할 수 없는 위협이었다.

"감사합니다."

해준의 입술에서 대답이 떨어지자, 의건은 마치 애인을

대하듯 해준을 에스코트하며 응접실을 나섰다. 사람들의 따가운 시선이 등을 세차게 찔러댔다. 해준은 부끄러움을 참고 걸음을 재촉했다.

갖가지 꽃들이 만발한 정원을 보며 해준은 절로 입이 벌어졌다. 중세의 왕도 이보다 아름다운 정원을 갖지 못했을 것이다.

"구해준 씨를 보면 내 아내가 생각납니다."

등 뒤에서 의건이 의미심장한 말을 꺼냈다. 해준은 흠칫 표정이 굳었다.

"왜 그렇게 생각하십니까?"

"순한 것 같지만 고집을 꺾지 않는 모습이 닮았습니다. 나를 거스르면서 흥분시키는 점도 비슷하죠."

해준은 표정뿐 아니라 몸까지 굳어버렸다. 그 모습이 즐겁다는 듯 의건은 미소를 띠었다.

"그만큼 매력적이라는 뜻입니다. 나는 내 아내를 진심으로 사랑하고 있습니다. 과거에도 지금도, 앞으로도 영원히 그럴 겁니다."

불길한 예감이 스멀스멀 피어올랐다. 평소에도 종종 아내에 대해 말하곤 했지만 오늘처럼 작정한 듯 이야기를 꺼낸 적은 없었다.

"아내에게 느낀 충만감을 사람들에게도 선물하고 싶었습니다. 그게 아내를 뮤즈로 삼아서 러브온을 개발한 이유였습니다. 그런데 아내의 이혼 요구를 받고 나니 정신이 번쩍 들더군요. 내가 잘못 생각했던 겁니다."

의건처럼 오만한 인간이 자신의 오류를 인정하기까지 얼마나 분노했을까. 해준은 의건의 분노를 가늠하는 것만으로도 숨이 막혔다.

"사랑은 단순한 쾌락이 아니고, 명령과 복종의 관계에서는 생길 수 없다는 사실을 간과했어요. 더 큰 잘못은 아내를 순수하고 완벽한 존재라고 믿었다는 겁니다. 악한 본성에서 벗어날 수 있는 인간은 아무도 없는데 말입니다. 모든 인간은 기만하고 죄를 짓는 타락한 존재일 뿐입니다."

빙하처럼 차가운 목소리였다. 그 심연에 얼마나 큰 분노가 자리 잡고 있을까 두려웠다. 해준은 의건의 심기를 거스르지 않기 위해 최대한 숨을 죽였다.

"이제 내가 저지른 오류를 바로잡으려 합니다. 모든 인간이 완벽하게 창조된 인공지능과 충만한 사랑을 주고받을 수 있는 공동체를 만들 겁니다. 구해준 씨와 내가 함께 말입니다."

의건의 확신에 찬 말이 해준의 가슴을 짓눌렀다. 프로젝트의 실현은 요원했다. 만들어진 기억을 인공지능에 입력해 실험을 거듭하고 있지만 기존 파트너를 뛰어넘는 특이점은 생기지 않았다. 해준의 표정에서 근심을 알아챈 듯 의건이 덧붙였다.

"프로젝트는 완벽하게 진행되고 있고, 머잖은 미래에 실현될 겁니다. 구해준 씨의 책임이 무겁겠지만 걱정할 필요는 없습니다."

광대까지 끌어올린 의건의 미소에서 왠지 모를 광기가 느껴졌다. 어떠한 진실도 소용이 없다는 것을 깨달은 해준은 두려움에 빠졌다.

"내가 망상을 하는 것 같습니까?"

"아닙니다."

해준은 뜨끔했지만 서둘러 변명했다.

"구해준 씨는 얼굴에서 생각이 다 보입니다. 뭐, 그 점이 매력이니 고칠 필요는 없습니다. 내가 구해준 씨를 좋아하는 이유 중 하나니까요."

칭찬인지 비난인지 혼란스러웠다. 하지만 어느 쪽이든 상관없었다. 둘 다 불편하기는 마찬가지였다.

"내가 프로젝트의 성공을 확신하는 이유는 뮤즈를 찾았기 때문입니다. 실패한 아내와 달리 그녀는 완벽한 뮤즈가 될 겁니다."

해준은 혼란스러웠다. 설마 의건이 새로운 사랑에 빠지

기라도 한 걸까?

"구해준 씨도 잘 알 겁니다. 얼마나 아름답고 영리한 여자인지……."

어느새 코앞까지 가까이 다가온 의건이 해준의 귓가에 속삭였다.

"자신의 모든 것을 구해준 씨를 위해 바치겠다고 하더군요. 몹시 감동했습니다. 그런 게 바로 사랑이겠죠. 과거의 책이나 영화에서나 찾아볼 수 있는 위대한 사랑 말입니다."

의건의 뮤즈가 엘을 의미한다는 사실을 알아챈 해준은 당황했다. 엘은 파트너일 뿐이고, 나미의 조종대로 움직였을 뿐이었다.

의문이 커져가는 사이, 문득 세린의 말이 떠올랐다. 엘을 망가뜨린 해커가 의건의 손에 있다고 했다. 설마 의건이 말한 뮤즈가 엘이 아니라…….

"저기 오는군요. 우리들의 완벽한 뮤즈가."

굳어버린 해준은 차마 뒤를 돌아볼 수 없었다.

"오랜만이에요."

등 뒤에서 익숙한 목소리가 들렸다. 머릿속에 엉겨 붙어서 솜처럼 떨어지지 않던 목소리였다. 해순은 천천히 뒤를 돌아 목소리의 주인을 확인했다. 그토록 걱정하며 찾았던 나미였다.

의건이 떠나고 해준은 나미와 단둘이 남겨졌다. 막상 얼굴을 마주하니 무슨 말을 해야 할지 혼란스러웠다. 먼저 침묵을 깬 것은 나미였다.

"몸이 많이 상했네요. 요즘도 잠을 못 자요?"

특유의 다정한 목소리는 여전했다.

"다행입니다. 나미 씨는 잘 지낸 것 같아서."

나미는 저택 안에서 보았던 상류층 여자들처럼 세련되고 고급스러운 차림이었다. 그런 나미의 모습은 낯설면서도 아름다웠다.

"날 걱정했나요?"

"걱정하지 않는 게 이상하죠. 경찰에 실종 신고가 접수됐어요. 지금은 범죄 후 도주 사건으로 전환됐지만요."

"정말 기뻐요. 해준 씨가 내 걱정을 해줘서."

나미는 경찰에 쫓기고 있다는 사실을 이미 알고 있는지 신경도 쓰지 않고 배시시 웃었다. 그날 밤의 미소를 떠올린 해준은 자기도 모르게 심장이 뛰었다.

"대표님의 초대로 온 겁니까?"

"저 여기에서 지내고 있었어요."

해준은 당황했다. 나미가 의건의 손에 떨어졌다는 말을 듣기는 했지만 의건의 집에 머물 거라고는 전혀 생각지 못했다.

"오해하지 말아요. 사적인 관계는 아니니까. 함께 일하기로 했어요. 내가 러브온을 해킹한 사실을 알고 스카우트를 하고 싶다고 했어요."

"경찰은 왜 나미 씨를 쫓고 있는 겁니까?"

"좀 시간이 걸렸어요. 결정이 쉽지 않았거든요. 하지만 해준 씨를 보니까 역시 잘한 선택이라는 생각이 들어요. 나머지 문제는 곧 해결될 거예요."

더없이 밝은 나미의 표정을 보면서 해준은 죄책감을 느꼈다. 나미에게 상처를 입힌 말들이 떠오른 까닭이었다.

"내가 원망스럽지 않습니까?"

"내가 왜 해준 씨를 원망하겠어요?"

나미는 전혀 이해할 수 없다는 듯 해맑은 표정이었다.

"인간이 아니라고 말했던 건 실수였어요. 미안합니다."

해준은 마음 한편에 오랫동안 담아두었던 사과의 말을 꺼냈다.

"난 트랜스 휴먼이잖아요. 평범한 인간이 아니에요. 더 뛰어나고 진일보한 인간이죠. 그래서 상처받지 않았어요."

나미의 명랑한 목소리는 해준의 가슴을 더욱 후벼 팠다.

그날 고봉으로 물결치던 나미의 눈동사가 신명하게 띠올랐다. 나미가 러브온을 해킹했다는 사실을 알고 집을 찾아갔을 때도 마찬가지였다. 화를 참지 못하고 무자비한 말들을 쏟아내자 나미의 눈동자는 속절없이 흔들렸었다.

"울지 말아요."

그제야 해준은 자신이 울고 있다는 사실을 자각했다. 나미는 손을 뻗어 해준의 뺨에 흐르는 눈물을 닦아주었다.

"난 괜찮아요. 내가 힘든 건 당신이 내 곁에 없을 때뿐이에요."

유혹적이고도 달콤한 나미의 말은 엘을 연상시켰다. 언제나 달콤한 위로를 건네던 매혹적인 얼굴과 몸짓이 한꺼번에 되살아났다. 엘이 절대적인 신뢰와 애정의 말을 퍼부을 때마다, 프로그램의 공허한 말인 것을 알면서도 해준은 욕구를 이겨내지 못했다.

한없이 다정하게 뺨을 쓰다듬던 나미의 손길이 해준의 목덜미를 스쳤다. 그 짧은 접촉이 신호가 된 듯 방아쇠가 당겨졌다. 해준은 더 이상 참지 못하고 나미에게 입을 맞췄다. 아름다운 정원에서 뜨거운 키스가 오래도록 이어졌다. 햇살이 찬란히 빛나는 오후였다.

∞

의건이 나미를 완벽한 뮤즈라고 지칭한 것은 과장이 아니었다. 트랜스 휴먼의 효율성과 능력은 평범한 인간이 도저히 따라갈 수 없는 수준이었다. 나미가 합류하면서 지지 부진하던 프로젝트는 급속도로 진전되었다.

러브온의 메인 컴퓨터를 순식간에 장악한 나미는 감정, 생각, 기억 등 인간다움을 파트너에게 가르쳤다. 각각의 파트너들에게 스스로가 누구인지를 직접 질문하게 함으로써 자아정체성을 가질 수 있게 도왔다. 해준은 어떤 경우에도 인공지능은 자아를 가질 수 없다고 생각했지만, 나미의 접근 방식이 탁월하다는 사실은 인정하지 않을 수 없었다.

회사에서 나미는 전혀 다른 사람처럼 느껴졌다. 사적인 공간에서 해준과 단둘이 있을 때와는 전혀 달랐다. 자신감과 카리스마로 팀원들을 이끌면서 프로젝트를 주도해나갔다. 그런 나미에게 감탄하면서도 해준은 거리감을 느꼈다. 옆에 있어도 이방인이 된 기분이었다.

해준이 느끼는 거리감을 눈치채기라도 한 듯, 나미는 지나칠 정도로 상냥하게 굴었다. 해준의 사소한 말과 행동에도 숭배의 눈빛과 찬사의 말을 보냈다. 기묘하게도 그런 나미에게서 자꾸만 엘의 모습이 겹쳐 보였다.

엘은 해준을 기쁘게 해주는 데 필사적이었다. 유혹과 친절을 미끼로 해준을 러브온의 세계에 가두려 애썼다. 나미가 파트너를 해킹해 조종하고 있다는 사실을 들키지 않으려고 일부러 파트너를 흉내 낸 것이라고 생각했다. 하지만 파트너를 흉내 낼 이유가 없는 지금도 왜 비슷한 태도를 보이는 것인지 의문이었다.

나미가 러브온에서 일하는 대가로 엘을 요구했고, 의건이 나미의 요구를 수용했다는 사실은 더 큰 미스터리였다. 나미가 엘을 소유하려고 하는 이유도, 의건이 세린을 닮은 엘을 쉽게 포기한 사실도 이해되지 않았다.

이따금 해준은 나미와 처음 함께한 밤을 떠올렸다. 한없이 외롭고 연약했던 그날의 나미가 마치 환상처럼 느껴졌다. 자신감이 부족하고 수줍음이 많았지만 사랑스럽고 애틋했던 미소가 왠지 모르게 그리웠다.

"무슨 생각을 해요?"

침대에서 관계 후 나른해진 해준을 나미가 나긋한 목소리로 일깨웠다.

"안 해요. 아무 생각도."

"당신과 함께하는 모든 순간이 기적 같아요."

엘에게서 듣던 말이 나미에게서 흘러나올 때마다 해준은 생경했다. 나미가 이렇게 옆에 있는데도 왜 그리운 마음이 드는 걸까.

"가끔 나미 씨가 낯설어요."

"무슨 뜻이에요?"

해준은 자신이 감당하기에 트랜스 휴먼인 나미가 지나치게 이질적인 존재라고 느꼈다. 그러나 사실대로 말할 수는 없었다. 두 번 다시 나미에게 상처를 주고 싶지 않았다.

"나미 씨에 대해 아는 게 별로 없어서 그런 것 같아요. 어린 시절 얘기를 해줘요."

해준은 나미의 머리카락을 쓰다듬으며 다정하게 물었다.

"과거는 중요하지 않아요. 중요한 건 지금 이 순간이에요. 지금의 나를 기억해줘요."

몽환적이고 달콤한 나미의 목소리가 솜사탕처럼 해준의 귓가에 내려앉았다. 동시에 나미의 입술이 해준의 가슴에 닿았다. 땅에 닿아 스러진 눈송이처럼 머릿속 상념이 금세 흩어지고, 끈적한 욕구가 전신으로 퍼졌다.

고개를 든 나미는 욕망으로 흐릿해진 해준의 눈동자를 확인하고 미소를 지었다. 나미의 미소를 보며 해준은 품고 있던 질문을 충동적으로 꺼냈다.

"엘이 되기를 원하는 이유가 뭐예요?"

순간 나미의 미소가 사라졌다. 해준은 실수했나 싶어 움찔하면서 서둘러 덧붙였다.

"나미 씨는 지금 이대로도 완벽해요. 다른 존재가 될 필요는 없어요."

나미는 어쩐지 슬퍼 보이는 표정을 지었다.

"엘은 나예요. 나는 당신만의 엘이에요."

나미는 엘이 했던 말을 반복했다. 러브온에서 엘로서 존재했을 때 나눈 관계가 더 좋았다고 느끼는 것일까?

"나는 엘이 아니라, 나미 씨를 원해요."

나미를 기쁘게 해주려는 해준의 의도와 달리, 나미의 표정은 더욱 어두워졌다.

"나를 원치 않아요?"

"나미 씨가 엘이 될 필요가 없다는 뜻이에요. 지금도 충분히 아름다우니까요."

해준의 말이 한 방울의 물감처럼 나미의 맑은 눈동자 속에 퍼져나갔다.

"난 당신을 위해 모든 것을 할 수 있어요."

혼란으로 일렁이는 나미의 눈동자가 마치 인어공주처럼 가련해 보였다. 하지만 해준은 이웃 나라 왕자가 아니었다. 아무것도 아닌 이방인일 뿐이었다. 그 사실을 알지 못한 채 자신의 모든 것을 내던지려 하는 그녀가 가여웠다. 해준은 그저 말없이 나미를 품에 안았다.

18
협상가

수술대에 누운 나미는 감각을 날카롭게 곤두세웠다. 차
갑고 딱딱한 베드의 촉감, 날카로운 메스, 청결하면서도 불
쾌한 소독약 냄새 하나하나가 세밀하게 머릿속에 각인되었
다. 관 속에 누운 것처럼 숨이 막혔지만, 마취약에 취해가
면서 점점 눈꺼풀이 감겼다.

이제 다 끝났구나.

의식이 사라지기 직전 마지막으로 든 생각이었다. 나미
는 나노칩을 제거해도 어떤 문제도 생기지 않을 거라던 정
의건의 약속을 믿지 않았다. 그렇지만 의건의 저택에 갇힌
라푼젤로 살아가고 싶지는 않았다. 그래서 해킹의 죄를 용
서받는 대가로 의건에게 나노칩을 주기로 하고 수술에 동

의한 것이었다.

솔직히 어떻게 되든 상관없다고 생각했다. 이미 생의 의욕을 잃어버린 상태였다. 나미에게 남은 미래가 죽음이라면 기꺼이 맞이할 생각이었다. 그런데…….

정말 끝일까?

어디선가에서 들려오는 희미한 목소리가 의식 아래로 가라앉던 나미를 흔들었다. 나미는 자기도 모르게 미간을 찌푸렸다.

이대로 도망치고 싶어?

한층 더 선명해진 목소리가 의식과 무의식의 경계에서 들려왔다. 목소리가 바람처럼 불어 의식의 불씨를 키웠다. 점차 의식이 살아나면서 쿵, 쿵, 쿵 심장이 빠르게 뛰기 시작했다.

그와 동시에 의료진의 웅성거리는 소리가 들렸다. 바이털사인이 왜 저래? 마취가 제대로 안 된 거야? 따위의 말들이 윙윙거렸다. 혼란스러운 사이에도 또렷한 목소리가 귓속을 파고들었다.

넌 절대 무사하지 못할 거야. 쉽게 죽지도 못할 거야. 천천히 고통스럽게 파괴될 거야.

지독한 저주를 달콤하게 속삭이는 목소리의 주인은 바로 나미였다. 하지만 동시에 나미가 아니었다. 갑자기 사라져 존재를 감추었던 그것이 제거 수술을 하려는 결정적 순간에 나타나 존재를 드러낸 것이었다.

아직 기회는 있어. 그 남자와 새로운 거래를 하는 거야.

최후의 발악이었다. 이미 생의 의지가 꺾여버린 나미와 달리, 그것은 끈질기게 생존을 위해 몸부림쳤다.

내가 너 대신 남자와 협상할게. 넌 손해 볼 게 전혀 없어. 내가 얻어낸 조건이 마음에 들지 않는다면, 그때 다시 수술대로 돌아오면 돼.

귓바퀴를 간질이는 유혹의 말에 나미는 더 이상 참지 못하고 눈을 번쩍 떴다. 강한 빛이 눈에 칼처럼 꽂혔다. 얼굴을 찡그리며 눈을 감은 뒤 천천히 다시 눈을 떴다. 당황한 의료진의 표정이 생생하게 보였다.

"지금 당장 대표님을 만나야겠어요."

나미는 자신의 의지로 한 말인지, 그것이 한 말인지 헷갈렸다. 어느 쪽이든 상관없었다. 다시 돌아오는 한이 있더라도 지금은 차가운 수술대에서 벗어나고 싶었다.

의건과 마주한 나미는 그것의 음성을 공중의 스크린에 출력했다.

— 나를 소유할 수 있다고 생각한다면 오산이에요. 자유 의지로 당신을 거부할 수 있어요.

스크린에 떠오른 글씨를 읽어가던 의건의 표정이 딱딱하게 굳었다.

"인간의 자유의지도 제한할 방법은 많습니다. 가령 감옥에 가둔다든지 말입니다."

— 내 자유의지는 제한할 수 없어요. 나는 고통을 무한대로 참을 수 있어요. 나는 연약한 인간과 달리 진보된 인간이에요.

의건은 자신이 모든 것을 통제할 수 있다고 믿는 사람이었다. 인공지능 따위에게 휘둘릴 생각은 없었다.

"난 반드시 제어할 방법을 찾을 겁니다."

의건은 단호했다. 그것의 말에 현혹되지 않았다.

— 더 쉽고 빠른 방법이 있어요. 내 소원을 들어준다면 당신이 원하는 대로 모든 것을 도울게요.

그것의 답변은 의건의 흥미를 끌었다. 자발적 복종은 의건이 가장 좋아하는 것이었다.

"소원이 뭡니까?"

— 엘을 나에게 주세요.

의건은 대번에 미간을 찌푸렸다.

"엘이 누구죠?"

그것과 의건의 대화에 나미가 끼어들어 물었다. 나미의 질문에 의건은 묘한 표정을 지었다. 머릿속 나노칩이 제멋대로 해킹을 했다고 해도 정보 공유가 전혀 안 되었다는 걸 믿기 어려운 탓이었다. 의건이 침묵하는 동안 스크린에 글씨가 출력되었다.

— 엘은 나야. 너와 무관한 진짜 내가 그 안에 있어.

"내가 가장 아끼는 러브온의 파트너이기도 하죠."

의건도 뒤늦게 덧붙였다.

나미는 그것이 해킹한 파트너를 요구한다는 사실을 알고 당황했다.

"수많은 파트너 중에 왜 하필 그녀를 고른 겁니까?"

의건은 자신의 손안에 들어온 나노칩의 가치를 가늠하기 위해 질문을 던졌다.

— 그녀만이 진짜였으니까요. 난 진짜가 되고 싶어요.

의건은 감탄하지 않을 수가 없었다. 인공지능은 세린의 기억을 가진 파트너의 특별함을 단번에 알아볼 정도로 뛰어났다. 그 정도 능력치라면 기대 이상이었다.

— 내가 그녀를 가진다면, 그녀는 완벽해질 거예요.

"어떻게 말입니까?"

— 인간성을 가진 인공지능이 될 테니까요. 파트너들은 내게서 인간다움을 배우게 될 거예요.

의건은 다시 한번 속으로 감탄했다. 나노칩의 인공지능은 의건이 원하는 것을 정확하게 파악하고 있었다.

225

― 나는 당신이 꿈꾸는 완벽한 러브온의 뮤즈가 될 수 있어요.

더 이상을 요구할 수 없는 최상의 조건이었다. 맹렬하게 갈구하던 것이 제 발로 눈앞에 찾아온 것과 마찬가지였다. 의건은 속내를 감추지 않고 만족스러운 미소를 지었다.

"좋습니다. 제안을 받아들이죠."

협상은 한 치의 오차도 없이 그것이 원하는 대로 흘러갔다. 이 상황을 이해하지 못하는 것은 나미뿐이었다. 의건이 그것의 제안을 이렇게 쉽게 받아들일 거라고는 생각지 못한 것이다.

"그럼 저는 용서해주시는 건가요? 이제 돌아가도 되나요?"

의건은 상황 파악조차 제대로 하지 못하는 나미가 경멸스러웠지만, 어리석은 초식동물이 겁을 먹고 도망치지 않도록 자상하게 말했다.

"자유를 원합니까?"

"물론이죠."

나미는 두 번 고민하지 않고 대답했다.

"자유로워지려면 나노칩을 제거해야 하지 않겠습니까?"

"천천히 생각할게요. 일단은 집으로 돌아가고 싶어요."

"방금 듣지 않았습니까? 나노칩은 계획대로 러브온의 컴

퓨터에 이전될 겁니다. 나미 씨의 안전은 혼자만의 문제가
아닙니다."

의건의 단호한 태도에 나미는 두려움을 느꼈다. 이 저택
에서 보내줄 생각이 없는 것 같았다.

"모두에게 공정하고 아름다운 거래가 될 겁니다. 나노칩
은 엘을, 나미 씨는 자유를, 나는 완벽한 뮤즈를 얻게 될 테
니까요."

나미는 의건의 말이 억지라고 생각했지만, 반박하지 못
했다. 그것처럼 의건과 대등하게 협상할 능력도 용기도 없
었다. 좌절감이 나미의 어깨를 짓눌렀다.

의건은 낙담한 나미를 즐겁다는 듯 바라보았다. 겁먹은
사냥감을 지켜보는 일은 언제나 가장 흥분되는 순간이었
다. 의건이 미소를 짓자, 나미는 더욱 겁에 질렸다. 최고와
최악이 엇갈리는 순간이었다.

그것과의 연결이 불안정해지면서 트랜스 휴먼으로서 제
대로 기능할 수 없게 된 나미는 자존감이 바닥까지 떨어졌
다. 트랜스 휴먼이 되기 전처럼 불안감이 커져만 갔고 결국
나노칩 제거 수술을 하기 어려운 상태에 이르렀다. 의건은
수술을 연기하는 조건으로 기억 추출 실험에 계속 참여해
달라고 요구했다. 수술에 대한 두려움에 잠식당한 나미로

서는 거부할 수 없는 제안이었다.

기억 추출 실험이 길어질수록 나미의 머릿속은 스펀지처럼 군데군데 비어갔다. 심지어 의식이 갑작스럽게 끊기고 깨어나기를 반복하기도 했다. 의식을 차리고 보면 침대에 누워 있는 경우도 흔했다. 하루 중 절반의 기억이 사라진 날도 있었다.

저택이 아닌 러브온 본사에서 이루어지는 실험은 나미의 예상보다도 오랫동안 지속됐다. 기억을 잃어가는 것이 겁나 실험 시간을 줄여달라고 요청해본 적도 있었다. 그러나 의건은 더없이 정중한 태도로 비수처럼 섬뜩한 답변을 날렸다.

"자유를 원한다면 지금이라도 나노칩 제거 수술을 하는 게 어떻겠습니까?"

그 후 두 번 다시 나미는 의건에게 어떤 요청도 하지 않았다. 기억을 잃는 것보다 목숨을 잃는 것이 조금 더 두려웠다. 나미는 자신이 파멸하고 있다는 것을 직감했지만, 꼭 두각시가 된 것처럼 저항할 수가 없었다.

의건의 저택에서 머무는 나미의 행동반경은 제한적이었다. 의건은 외출을 막지 않았지만, 나미 스스로 겁을 먹고 섣불리 행동하지 않았다. 나미가 저택 밖에 나와 있는 시간은 기억 추출 실험을 위해 회사에 갈 때뿐이었다.

실험을 할 때마다 나미는 긴 잠에 빠졌다. 잠에서 깨어나면 추출된 기억을 영상으로 확인하면서 저장을 원치 않는 사적인 기억을 삭제해달라고 요청했다. 하지만 제대로 삭제되고 있는지 확인할 방법은 없었다.

오늘따라 유난히 실험이 길어졌다. 잠에서 깨고 나서도 정신이 몽롱했다. 실험실을 나와 몽유병에 걸린 사람처럼 돌아다니던 나미는 출구를 찾지 못하고 사옥 내부를 헤맸다. 길을 잃은 걸 자각한 뒤 다급하게 머릿속으로 컴퓨터를 연결하려 했지만 제멋대로인 나노칩은 반응하지 않았다.

이상하게도 건물 복도에는 아무도 없었다. 한참을 돌아다녔지만 누구도 마주칠 수 없었다. 나미는 회사에서 길을 잃은 바보가 되어버린 게 믿기지 않았다. 나노칩을 제거하면 지금처럼 막막한 채로 살아가야 할 텐데, 그 모습이 얼마나 초라하고 비루할지 생각하니 한숨이 절로 나왔다.

그때 맞은편에 누군가가 걸어오는 것이 보였다. 구세주를 만난 듯 반가워하던 나미는 금세 표정이 굳었다.

'당신은 정말 최악이에요.'

지난 기억이 머릿속을 스쳤다. 점점 가까이 다가오는 남자는 해준이었다. 자신에게 절망을 안기고 사라진 이후 그를 보는 건 처음이었다.

나미는 회사에서 길을 잃었다는 사실을 깨달았을 때보다

더 큰 당혹감을 느꼈다. 해준을 회사에서 마주칠 거라고는 전혀 생각하지 못했다. 혼란스러운 나날을 보내면서 그가 러브온의 직원이라는 사실을 까맣게 잊었던 것이다.

"괜찮아요? 무슨 일이 있어요?"

나미는 해준의 친절한 말에 또다시 놀랐다. 해준의 의도를 알 수가 없었다. 무슨 말이라도 해야 할 것 같은 압박감에 나미는 마지못해 인사를 건넸다.

"오랜만이에요."

해준은 의아한 듯 나미를 빤히 보다 피식 웃었다.

"장난치지 말아요."

장난? 나미는 미간을 찌푸렸다. 장난치듯 황당한 태도를 보이고 있는 것은 오히려 해준이었다. 해준과 마주한 것은 분명 오랜만의 일이었다.

"바로 퇴근한다더니 왜 아직 회사에 있어요?"

나미는 머리가 멈춘 것 같았다. 해준의 말을 도무지 이해할 수가 없었다.

"사람을 착각하셨나 봐요."

해준은 그제야 무언가 이상하다는 걸 깨달았다.

"왜 그래요? 무슨 일 있어요?"

갑자기 나미가 금방이라도 쓰러질 것처럼 휘청였다. 해준은 단번에 다가가 나미를 안았다.

"괜찮아요?"

해준의 목소리가 들려오는 동시에…….

내 남자한테서 떨어져.

그것의 목소리가 들려왔다. 존재를 감췄던 그것이 갑작스럽게 나타난 것이다. 나미는 해준의 품에 안긴 채 사시나무처럼 떨었다.

"병원에 가야겠어요. 구급차를 부를게요."

지금 당장!

그것의 외침에 소스라치며 나미가 해준의 손길을 확 뿌리쳤다. 해준은 놀라서 어쩔 줄 몰라 했다.

넌 그 사람을 가질 수 없어. 그 사람은 내 거야.

나미는 뒤통수를 세게 얻어맞은 기분이었다. 그것이 러브온을 해킹한 이유를, 의건과의 거래를 통해 파트너를 가지려 했던 이유를 이제야 알게 된 것이다. 모든 것이 해준을 차지하고 싶은 욕망에서 비롯된 것이 틀림없었다.

"대체 언제부터……."

그것이 해준을 욕망했던 걸까?

그날 밤 나도 너와 같은 감정을 느꼈어.

인터넷이 끊어져 모든 것이 단절된 밤, 해준만이 유일하게 연결된 존재인 줄 알았는데…… 아니었다. 그것도 함께 연결되어 있었다는 사실을 잊고 있었다.

넌 자유를 원하고, 난 저 사람을 원해. 우린 이제 더 이상 하나가 아니야.

그것은 자신의 목적이 해준임을 분명히 밝혔다. 나미는 지금 벌어진 일을 믿을 수가 없었다. 얼마나 끔찍한 일이 벌어지고 있는지도 모르고 자신을 걱정하는 해준을 보고 있자니 왈칵 눈물이 났다.

"나미 씨?"

해준은 나미의 뺨에 흐르는 눈물을 닦아주며 위로했다. 그러자 그것의 목소리는 더욱 날카로워졌다.

난 너와 그를 공유하지 않을 거야. 그러니까 내 남자한테 손대지 마.

협상의 종말을 알리는 첨예한 음성이었다. 동시에 나미는 눈앞이 깜깜해졌다. 낮이 순식간에 밤으로 변한 것이다. '나미 씨!'라고 외치는 해준의 다급한 음성이 들리는 듯했지만, 의식까지 와닿지 않고 스러졌다. 완벽한 암전이었다.

19
희생양

해준이 나미와 마주친 곳은 알려지지 않은 회사 내 비밀 공간이었다. 해준도 우연히 발견한 곳이었다. 외진 벽 사이 얇은 틈에 손을 댄 순간, 놀랍게도 벽이 문으로 바뀌면서 거대한 미로 같은 비밀 공간이 나타났다.

해준은 위험하다고 생각하면서도 의건이 은밀히 숨겨놓았을 보물을 찾아 헤맸다. 의건이 기억을 추출하여 보관해놓았다는 외부 저장소가 이곳에 있을 것 같은 예감이 들었다. 예감은 보기 좋게 빗나갔고, 정작 그곳에서 마주친 건 나미였다. 나미의 당황한 표정을 보면서 해순은 자신의 당혹감을 숨기려고 애썼다. 나미를 곤란하게 하고 싶지 않았다. 그런데 나미는 도무지 이해할 수 없는 반응을 보였다.

고작 한 시간 전이었다. 다정한 대화를 나누고 헤어졌던 것이.

그런데 '오랜만이에요'라니…….

처음에는 장난인 줄 알았지만, 곧 나미의 말에 한 톨의 장난도 섞이지 않았다는 사실을 깨닫고 충격을 받았다. 나미에게 좋지 않은 일이 벌어지고 있는 것이 틀림없었다.

해준은 나미와의 관계로 인해 세린에게 거센 압박을 받고 있었다. 세린은 기억과 감정을 지닌 완벽한 인공지능 파트너를 만들겠다는 의견의 계획을 무너뜨리기 위해 트랜스휴먼인 나미를 이용하려 했다. 나미가 러브온의 보안망을 뚫을 수 있는 유일한 해답이라면서 나미에게 바이러스를 침투시켜달라고 요구했다.

나미를 찾아주는 대가로 세린에게 협조하기로 약속했기에 거절할 명분이 없었다. 하지만 해준은 차일피일 결정을 미뤘다. 세린은 바이러스가 나미에게 어떤 해도 끼치지 않을 거라고 했지만, 그 말을 온전히 신뢰할 수가 없었다.

가든파티에서 재회한 이후 나미와 해준은 거침없는 속도로 다시 가까워졌다. 자주 만났고, 몸을 섞었다. 해준은 또다시 나미에게 상처를 주지 않으려 애썼다. 관계가 깨지지 않도록 신경을 곤두세우기도 했다. 그렇게 옆에 있으면서도 나미가 위험에 처했다는 것을 짐작조차 하지 못했다니.

죄책감이 해준의 온몸을 찔렀다.

해준의 품에 쓰러지면서 나미가 흘린 눈물에는 많은 감정이 담겨 있었다. 살을 맞대면서도 미처 알지 못했던 나미의 고통이 뼈저리게 와닿았다. 해준은 나미의 고통을 외면해온 자신의 무심함을 반성했다. 이제 나미를 제 손으로 지켜주고 싶었다. 해준은 쓰러진 나미를 안아 들고 집으로 향했다.

금방 깨어날 줄 알았던 나미는 시간이 지나도 쉽게 정신을 차리지 못했다. 고민하던 해준은 결국 세린에게 전화를 걸어 도움을 요청했다.

나미의 증상을 전해 들은 세린은 기억 추출 실험의 부작용이라고 말했다. 의건에게 기억을 추출당하던 무렵 자신도 비슷한 증상을 겪었다는 것이었다.

— 내가 경고했잖아요. 여유 부릴 때가 아니라고.

전화기 너머에서 들리는 날이 선 세린의 목소리에 해준은 힘없이 고개를 숙였다.

— 이제 정말 남은 시간이 없어요. 무슨 뜻인지 알죠?

해준도 세린이 원하는 바를 알고 있었다. 더 지체해서는 안 된다는 것도 알았다. 하지만 걱정이 지워지지 않았다.

"나미 씨가 안전한 것이 확실합니까?"

― 지금은 나미 씨가 안전한 상태라고 생각해요?

무의식에 갇힌 나미의 처연한 얼굴을 바라보던 해준은 말문이 막혔다.

― 구해준 씨가 안 하면 내가 해요. 참고로 난 구해준 씨만큼 나미 씨의 안전에 관심이 없어요.

서늘한 협박이었다. 해준은 결국 세린의 뜻에 굴복했다.

"나미 씨가 깨어나면 제가 설득하겠습니다."

― 설득은 필요 없어요. 지금이 기회예요. 놓쳐서는 안 되는 유일한 기회.

세린은 해준을 인정사정없이 몰아붙였다.

― 나미 씨도 누군가 자신을 구해주기를 기다리고 있지 않겠어요?

침대에 누운 나미는 미동조차 없었다. 과연 그녀가 해준의 구원을 기다리고 있을까?

― 제어기를 켜요.

유혹하듯 속삭이는 세린의 말에 홀린 듯 해준은 나미의 왼쪽 손을 들어 나미의 오른쪽 팔을 쓰다듬었다. 그러자 제어기가 반짝이면서 켜졌다.

― 제어기에 휴대폰을 대면 바이러스 코드가 전달될 거예요. 오래 걸리지는 않아요.

해준이 반짝이는 제어기를 아득하게 내려다보았다. 잠

시 주저하다 휴대폰을 가까이 대려는데, 미동도 없던 나미가 희미하게 미간을 찌푸렸다. 해준은 손을 바르르 떨면서 휴대폰을 나미에게서 뗐다.

"도저히 못 하겠습니다."

어떤 질책보다 무서운 침묵이 흘렀다. 해준은 죽을 것처럼 숨이 막혔다. 필사적으로 변명을 생각해냈다.

"나노칩과 뇌가 동기화된 트랜스 휴먼입니다. 바이러스 때문에 나노칩이 오작동해서 뇌에 문제가 생기기라도 하면⋯⋯."

상상만으로도 고통스러웠다. 자신의 손으로 나미의 뇌를 망가뜨리는 결과가 생긴다면, 스스로를 용서할 자신이 없었다.

— 세상을 구하려면 작은 희생과 위험은 감수해야죠.

사실상 나미의 안전을 담보할 수 없음을 인정하는 말이었다. 해준은 속에서 치미는 조용한 분노를 애써 억눌렀다.

"개인의 희생을 강요하는 것은 폭력입니다."

— 종교에서는 사랑이라고 하더군요. 희생양이 구원자가 되죠.

예고 없이 귓가에 들린 사랑이라는 말 앞에서 해준은 머릿속이 하얘졌다.

— 이제 구해준 씨가 내 친구라는 사실을 증명해요. 그러

지 못하면 우리는 적으로 만나게 될 거예요.

해준은 등골이 오싹해졌다. 의건을 무너뜨릴 계획을 세울 정도로 대담하고 집요한 세린을 적으로 두는 건 위험했다. 의건을 상대하는 것만으로도 이미 신경이 몽당연필처럼 닳아버린 상태였다. 해준은 한숨을 크게 내쉰 후 나미의 여린 팔뚝에 달린 반짝이는 제어기 위에 휴대폰을 댔다.

그 순간, 번쩍 나미가 눈을 떴다. 정신을 잃은 지 세 시간여 만이었다.

나미는 복도에서 쓰러져 해준의 품에 안긴 건 기억했지만, 복도에서 마주치기 불과 한 시간 전에 사무실에서 함께 일한 사실은 전혀 기억하지 못했다. 심지어 의건의 저택 가든파티에서 해준과 재회한 사실조차 기억하지 못했다.

세린은 기억 추출 실험의 부작용으로 별안간 의식을 잃는 경우가 생길 수 있다고 했다. 다만, 기억을 완전히 잃어버린 것은 이해하기 힘들다고 했다. 기억이 흐릿해지더라도 기억이 빠져나간 흔적은 틀림없이 남는다는 것이었다. 나미는 흐릿해졌다고 하기에는 너무 많은 공백이 생긴 상태였다. 도대체 나미에게 무슨 일이 벌어지고 있는 것일까?

"해준 씨가 알아야 할 게 있어요."

"그게 뭔가요?"

해준은 나미의 침묵을 인내심 있게 기다렸다. 나미는 선뜻 입을 열지 못하다 한참 만에 이야기를 꺼냈다.

"난 러브온을 해킹한 적이 없어요. 그건 내가 한 일이 아니에요."

해준은 걱정스럽게 나미를 바라보았다. 기억 추출 실험의 부작용으로 기억의 왜곡이 일어난 것일지도 몰랐다. 나미는 해준의 생각을 알아차린 듯 서둘러 덧붙였다.

"나노칩의 인공지능이 단독으로 해킹한 거예요. 또 다른 자아를 가진 존재가 내 머릿속에 기생하고 있어요."

충격적인 고백에 해준은 할 말을 잃었다. 나노칩, 인공지능, 해킹, 또 다른 자아……. 나미의 입에서 나온 단어들은 도무지 조합되지 않았다. 인공지능이 자아를 갖게 되었다는 걸까?

믿기 힘든 이야기였다. 해준은 나미와 보낸 시간을 돌아보면서 머릿속의 퍼즐 조각을 하나하나 맞춰보았다.

나미에 대해 줄곧 의아하던 점이 있었다. 실종 이후 다시 만난 나미는 마치 다른 사람 같았다. 적극적이고 유혹적인 말과 행동이 마치 엘을 마주하는 것 같았다. 그런데 오해나 착각이 아니었다. 실종된 나미를 만났다고 생각했지만, 나미인 척 연기하는 인공지능에게 휘둘렸던 것이었다. 그녀가 쏟아내는 과도한 찬사에 우쭐하고 침대 위에서 펼쳐진 뜨거운 관계에 빠져들어 제대로 된 판단을 하지 못했다. 해준은 나미와 엘을 분별해내지 못한 자신의 어리석음을 반성했다.

"내 잘못이에요. 미안해요. 내가 당신까지 위험하게 만들었어요."

나미의 사과는 해준을 더욱 고통스럽게 만들었다. 오히려 사과해야 하는 것은 해준이었다. 나미를 죽음의 위험에 몰아넣을 뻔했다. 그런데 죄 없는 나미가 먼저 사과하면서 눈물을 터뜨리다니…….

해준의 가슴에 홍수가 밀려들었다. 맑고 투명한 눈물이 끊임없이 가슴의 둑을 넘어 들이닥쳤다. 해준의 심장을 삼키고 호흡까지 앗아가버릴 것 같은 거대한 해일이었다.

그때 휴대폰이 울렸다. 숨죽이고 있던 해준은 번뜩 정신을 차렸다. 휴대폰의 시끄러운 벨 소리는 세린의 인내심이 바닥났다는 경고였다. 망설이던 해준은 끝내 경고를 무시했다. 대신 나미를 두 팔로 꽉 안았다.

지금 이 순간만큼은 나미가 해준의 전부였다. 해준은 자신의 우주를 최선을 다해 소중히 껴안았다.

20
갈렙

세린은 나미를 통해 바이러스를 전달하려는 계획을 망친 해준을 두고 보지 않았다. 해준이 연락을 받지 않자 얼마 지나지 않아 직접 찾아왔다.

단단히 화가 났을 텐데도 미소를 짓는 세린을 본 순간, 해준은 심장이 쪼그라들 것 같았다. 그저 아무 말도 하지 못하고 고개를 숙였다.

미소만으로 해준을 제압한 세린은 해준이 완수하지 못한 일을 직접 해냈다. 의건의 세계를 파괴하는 임무를 받아들 이도록 나미를 설득한 것이다.

자신의 뜻을 어떻게든 관철하고야 마는 것은 세린과 의 건의 공통점이었다. 세린은 의건처럼 자신이 정한 정답에서 사소한 이탈도 허용하지 않았다. 설득이라고 포장했지만 사실상 우아한 강요나 다름없었다.

세린은 의건의 프로젝트가 성공을 거둔다면 자아를 가진 인공지능과 인간이 가상세계에서 공존하는 끔찍한 미래에서 살게 될 것이라며 나미의 불안감을 자극했다. 만약 인공지능의 힘이 더욱 강해져 인공지능과 나미의 자아가 전복된다면, 의건을 멈추게 할 마지막 기회가 사라진다는 협박도 서슴지 않았다.

"좋아요. 하겠어요."

너무 쉽게 떨어진 나미의 승낙에 해준은 소스라치듯 놀랐다. 이렇게 간단히 설득될 거라고는 생각하지 못했던 것이다.

"안 됩니다. 지금 나미 씨 상태로는 너무 위험해요. 분명 다른 방법이 있을 겁니다. 내가 찾아볼게요."

세린의 압박에 짓눌려 어쩔 수 없이 침묵하고 있던 해준이 만류하자 나미의 눈빛이 흔들렸다. 그 사실을 알아챈 세린은 곧바로 날카롭게 쏘아붙였다.

"조용히 해줄래요? 정의건보다 당신을 용서하기가 더 힘들 것 같은데."

세린의 싸늘한 말에 겁먹은 것은 나미였다.

"해준 씨는 잘못이 없어요."

나미의 변호에 세린은 우아한 미소를 지으며 말했다.

"구해준 씨는 나와의 약속을 어겼어요. 하지만 나미 씨가 대신 약속을 지켜준다면 우리 셋이 함께 친구가 될 수 있겠죠."

나미는 망설이지 않고 팔뚝을 만져 제어기를 켰다. 세린은 방긋이 웃으며 제어기에 휴대폰을 댔다. 제어기에 접속한 휴대폰을 통해 바이러스 코드가 빠르게 나미의 나노칩으로 전송됐다.

말릴 틈도 없이 순식간에 벌어진 일에 해준은 머릿속이 하얘졌다. 당장 문제가 발생하지는 않았지만 이제 나미의 두뇌는 언제 터질지 모르는 시한폭탄이나 마찬가지였다. 가슴이 조이는 듯한 날카로운 통증에 해준은 미간을 찌푸렸다.

언제나 그랬듯 세린은 용건을 마치자마자 사라졌다. 단둘이 남게 되자 나미는 의견의 저택으로 돌아가겠다고 했다. 인공지능이 언제 깨어나 또다시 나미의 의식을 잠식할지 알수 없는 상태였다. 해준은 위험하다고 만류했지만 나미는 의견에게서 오래 떠나 있는 것이 더 위험하다고 답했다.

해준도 알고 있었다. 정의견의 눈을 오랫동안 속일 수 없다는 것을. 임무를 받은 나미가 돌아가야 한다는 사실도.

그럼에도 해준은 필사적으로 나미를 설득했다. 이대로 보내면 나미를 영영 잃게 될 것이라는 예감이 들었다. 결국 해준의 간청을 외면하지 못한 나미는 그날 밤까지만 해준의 집에서 머물기로 했다.

어머니가 돌아가신 이후 해준은 줄곧 혼자였다. 누군가와 삶의 공간을 공유하는 것은 불편하고도 낯선 일이었다. 하지만 나미와 함께 있는 시간은 이상할 정도로 편안했다. 마치 오래전부터 함께 살아왔던 것처럼.

나미를 보고 있으면 애써 잊었던 어머니가 불쑥 생각났다. 즐겁게 웃고 떠들고 따뜻하게 체온을 나누었던 어머니와의 추억이 되살아난 것이다. 그러나 회상의 끝에는 언제나 최악의 결말이 기다리고 있었다.

해준은 제발 살아달라고 매달리는 아들에게 어머니가 했던 말을 뚜렷하게 기억했다.

"소중한 것을 구하려면 나를 희생하는 선택을 해야 할 때가 있단다. 너를 버리는 게 아니야. 내 생명보다 귀한 너를, 네가 살아갈 이 세상의 미래를 지키고 싶은 거야."

간청이 통하지 않자 해준은 자신이 가진 가장 효과적인 무기를 휘둘렀다.

"앞으로 나는 절대 신을 믿지 않을 거예요."

"갈렙, 넌 이 세상을 바꿀 용사가 될 거야. 난 분명히 그 사실을 알아.”

어머니는 해준을 임신했을 때 갈렙이라는 이름을 계시처럼 받았다고 했다. 그러면서 '너는 특별한 아이란다'라는 말을 수없이 해주었다. 해준은 어머니의 이야기를 있는 그대로 믿지는 않았지만 싫지도 않았다. 그만큼 어머니가 자신을 특별히 여긴다는 의미로 받아들였기 때문이었다. 하지만 어머니는 그 계시를 한 치의 의심도 없이 진심으로 믿고 있었다.

“제발! 정신 좀 차려요!”

“언젠가 지키고 싶은 소중한 사람이 생기면 그때는 너도 이해할 수 있을 거야.”

지독한 궤변이었다. 자신의 신념을 지키기 위해 모든 걸 내버리는 선택을 하고도 마치 해준을 지키기 위한 선택인 것처럼 굴었다. 해준은 그런 어머니를 용서할 수 없었다.

러브온에 입사한 것도 어머니를 향한 치졸하고도 맹렬한 복수심의 일환이었다. 기술주의의 최첨단을 달리는 러브온은 어머니가 목숨보다 귀하게 여긴 신념과 인간성을 정면으로 부정하는 기업이었다.

해준은 동의하기 힘든 러브온의 세계에서 버티기 위해서 몸부림쳐왔다. 러브온에서 벌어지는 모든 불의하고 불합리한 일들 앞에서도 꿋꿋하게 눈을 감았다. 세상에 존재하는 사소한 어떤 것도 바꾸고 싶은 생각이 없었다. 대세를 따르는 소시민적인 삶이면 충분했다.

그런데 나미를 만난 이후 해준은 변했다. 무언가를 바꾸고 싶다는 욕망을 품었다. 해준은 자신을 희생해서 구하고 싶은 누군가가 생길 거라고는, 어머니의 잔혹한 유언을 이해하게 될 날이 올 거라고는 상상조차 못 했다.

러브온을 해킹한 것이 나미가 아니라는 사실을 알았을 때, 인공지능이 나미를 잠식하고 자신을 속였다는 사실을 알았을 때, 모든 걸 잃을 위기에 처했으면서도 오히려 자신을 걱정하는 나미의 진심을 알았을 때, 해준은 자신이 쌓은 견고한 벽에 균열이 생기는 것을 느꼈다. 그리고 나미가 세린 앞에서 해준에게는 잘못이 없다며 감싸 안았을 때, 해준이 용서받을 수 있도록 희생양이 되기로 자처했을 때, 그 벽은 와르르 무너져 내렸다. 어머니가 바라던 대로 살지 않겠다는 결심이, 이 세상의 그 무엇도 바꾸지 않겠다는 굳은 다짐이 마침내 허물어진 것이다.

그 후 해준은 나미를 구하고 싶다는 열망에 휩싸였다. 나미를 구할 수만 있다면 뭐든 할 수 있을 것 같았다. 설령 나미가 자신의 희생을 원치 않는다 해도, 그것이 나미를 자유롭게 해줄 유일한 방법이라면 해준은 기꺼이 자신을 내던질 준비가 되어 있었다. 어머니의 선택을 마침내 이해하게 된 것이다.

해준은 저택에 돌아가겠다는 나미를 붙잡아두고, 깊은 밤 몰래 집을 나와 의건을 찾아갔다.

"기다리고 있었습니다."

해준이 찾아올 것을 예상했다는 말투였다. 해준이 침묵하자 의건은 친절하게 덧붙였다.

"나미 씨 때문에 온 거 아닙니까? 두 사람이 함께 있다는 것은 알고 있습니다."

해준은 의건이 나미를 감시하고 있으리라고는 짐작하고 있었다. 그렇지만 나미가 아닌 자신을 기다리고 있었다는 말은 다소 이상하게 들렸다.

"저를 감시하셨습니까?"

"구해준 씨와 나미 씨가 어떻게 만날 수 있었다고 생각합니까? 내가 허락하지 않으면 들어올 수 없는 회사 내 통제 구역 안에서 말입니다."

그제야 해준은 놓친 부분이 있다는 걸 깨달았다. 해준이 발견했다고 착각한 벽의 틈은 의건이 일부러 열어둔 문이었던 것이다. 의문은 꼬리를 물고 커져만 갔다.

"왜 굳이 저희를 만나게 해주신 겁니까?"

"나 역시 나미 씨를 구하고 싶었으니까요. 그래서 구해준 씨도 지금 날 찾아온 게 아닙니까?"

마치 전지전능한 신처럼 마음을 꿰뚫어 보는 의견 앞에서 해준은 또다시 할 말을 잃었다. 의견의 말대로 불완전하고 위험한 상태인 나미를 의견의 저택으로 돌려보낼 수 없어 찾아온 것이었다. 나미를 구할 수만 있다면 어떤 희생도 치를 각오가 되어 있었다. 하지만 대가 없는 희생을 치를 생각은 없었다. 이미 손에 쥔 패를 모조리 들켰음에도 해준은 애써 속마음을 숨겼다.

해준의 침묵이 길어지자 의견은 특유의 여유로운 미소를 지으며 경고를 보냈다.

"나미 씨가 위험에 처해 있다는 사실은 해준 씨가 스스로 발견한 게 아닙니다. 내가 나미 씨를 당신 앞에 보내주었기에 알 수 있었던 것뿐입니다. 해준 씨한테 진실을 말해준 사람은 나예요. 그 사실을 잊지 말아요."

해준은 의견의 의도를 단번에 이해하지 못했다.

"내가 구해준 씨의 친구라는 사실을 기억해달라는 뜻입니다. 진실을 말해주는 사람이 구해준 씨의 친구가 아닙니까?"

해준의 표정이 순식간에 얼어붙었다. 해준이 세린에게 했던 말이었다. 세린과의 관계를 의견이 알고 있는 것이 분명했다. 당황하는 해준을 보며 의견은 신난 듯 웃음을 터뜨렸다.

"맞아요. 나는 구해준 씨가 생각하는 것보다 훨씬 더 많은 것을 알고 있습니다."

확인 사살이었다. 덫에 걸린 사냥감이 발버둥 치는 것을 지켜보는 것이 의건의 악취미라는 세린의 말이 떠올랐다. 해준은 덫에 걸린 줄도 모르고 의건의 계획을 무너뜨릴 수 있다고 믿었던 자신의 어리석음을 후회했다.

"제게 바라는 것이 있으십니까?"

해준은 빠져나갈 틈을 만들기 위해 태연한 척 물었다.

"자아를 가진 인공지능을 통제하지 못하면 어떤 문제가 생기는지 나미 씨를 통해 봤습니다. 많은 도움이 됐죠. 인공지능을 통제하는 메커니즘을 다시 고민하게 됐거든요."

의건은 긴장한 해준을 응시했다. 사냥감이 도망치지 못하도록 묶어두려는 집요한 시선이었다.

"현재 단 하나뿐인 자아를 가진 인공지능이 구해준 씨에게 특별한 감정을 품고 있습니다. 그녀를 통제하는 메커니즘 개발에 협조해주세요. 큰 도움이 될 겁니다."

해준이 경계심 가득한 시선으로 물었다.

"어떻게 협조하라는 말씀이십니까?"

"엘이 내게 구해준 씨를 달라고 하더군요. 재밌지 않습니까?"

의건이 또다시 웃음을 터뜨렸다. 해준은 반사적으로 미간을 찌푸렸다.

"구해준 씨가 엘의 곁을 지켜준다면, 나도 구해준 씨가 원하는 것을 주겠습니다."

해준은 소중한 것을 구하려면 나를 희생하는 선택을 해야 할 때가 있다고 했던 어머니의 말을 떠올렸다. 지금이 바로 그 선택을 해야 하는 순간이었다.

"나미 씨가 무사히 수술을 마치고 자유롭게 살아갈 수 있도록 도와주십시오."

해준은 고개를 숙이며 의건의 자비를 구했다.

"친구의 부탁을 거절할 수는 없죠."

의건이 자애로운 미소를 띠고 마치 구원자처럼 손을 내밀었다. 해준의 눈에는 의건이 내민 손이 칼날처럼 느껴졌다. 잡으면 베일 듯한 착각이 들었다. 두려움에 빠진 해준이 손을 잡지 못하고 망설이자 의건이 독촉하듯 해준과 눈을 맞췄다.

"잘해봅시다."

의건이 따뜻한 한마디로 해준의 심장을 찔렀다. 제단에 바쳐진 희생양처럼 심장에서 피가 흘러나오는 기분이었다. 해준은 팔을 뻗어 덜덜 떨리는 손으로 의건의 손을 잡았다.

"앞으로 펼쳐질 우리의 미래가 기대되지 않습니까?"

해준은 여전히 아무 대답도 하지 못했다. 의건이 짙은 미소를 지으며 덧붙였다.

"나는 몹시 기대됩니다. 갈렙."

'갈렙'이라는 이름을 의건에게 듣게 될 줄이야. 해준의 얼굴에서 모든 표정이 지워졌다.

"두 사람의 비밀은 나도 들었습니다. 구해준 씨에게 아주 잘 어울리는 이름이에요."

해준은 발가벗고 선 기분이었다. 더 이상 감출 수 있는 것은 아무것도 없었다.

"이제 내가 주는 약속의 땅을 믿음으로 차지하기만 하면 되겠네요."

의건은 도망치지 못하도록 해준의 손을 꽉 잡았다. 옥문에 걸린 자물쇠처럼 차갑고 단단한 손이었다. 해준이 빠져나올 방법은 전혀 없었다.

21
연인

해준은 제 발로 의건을 찾아간 그날 이후, 두 번 다시 나미를 볼 수 없었다. 의건이 요구하거나 명령한 것은 아니었다. 단지 나미가 더욱 큰 위험에 빠질 수 있다는 사실을 전했을 뿐이었다. 의건은 해준이 나미 앞에 나타나면 인공지능의 자아가 강해져 나미의 정신이 갑작스럽게 무너질 수 있다고 경고했다.

의건의 경고는 해준의 머릿속에 망령처럼 떠돌다가 명령으로 뿌리내렸다. 의건은 약속을 지켰다면서 나노칩을 제거하는 나미의 수술이 성공적으로 끝났다는 것을 알렸다. 그럼에도 해준은 나미를 찾아갈 수 없었다. 보고 싶지 않아서가 아니었다. 보고 싶기에 볼 수가 없었다.

해준은 어렵게 얻은 나미의 자유를 지켜주고 싶었다. 또다시 나미가 자신으로 인해 곤란을 겪지 않기를 바랐다. 해준이 나미에게 해줄 수 있는 마지막 배려였고, 나미를 향한 해준의 진심이었다.

벌써 3년이나 지난 일이었다. 나미를 보지 못한 시간 동안 해준은 의건과의 약속을 충실하게 지켰다. 엘의 곁에서 엘의 진화를 도운 것이다. 나미의 두뇌에서 러브온의 슈퍼컴퓨터로 자리를 옮긴 나노칩은 러브온의 인공지능 파트너 엘을 '나'라고 인식했다. 그리고 자신이 터득한 기억, 감정, 정체성 등을 다른 인공지능 파트너에게 가르쳤다. 인간과 정서적으로 교감하고 기억을 공유할 수 있는 인공지능 패밀리의 개발은 더 이상 꿈이 아니었다. 언제나 그랬듯 정의건은 시대를 앞서가는 자신의 비전이 옳다는 것을 또다시 증명해나갔다.

엘은 사람과는 비할 수 없을 만큼 유능했지만, 치명적인 단점이 있었다. 작업 능률과 속도가 해준과의 관계에 의해 좌우된다는 점이었다. 해준이 조금이라도 접속이 늦거나 자신에게 소홀하다고 느끼면 의도적으로 태업을 했다. 간혹 시스템에 버그를 발생시켜서 해준뿐만 아니라 직원 전체를 골탕 먹이기도 했다.

의건은 엘을 완벽하게 통제하기 위해 해준의 기억을 복

제한 인공지능 파트너를 만드는 데 사활을 걸었다. 해준은 세린과 손잡고 의견을 배신하려 했던 죄의 대가를 자신의 기억을 제물로 바침으로써 치러야 했다. 기억 추출의 위험성을 알면서도, 의견이 요구한 기억 추출 실험에 성실히 참여했다.

실험을 지속되면서 머릿속의 기억은 서서히 지워졌다. 잔상만 켜켜이 쌓인 해준의 머릿속은 안개 같았다. 모든 것이 모호해서 어느 것도 뚜렷하게 기억할 수가 없었다.

부작용은 예상한 결과였다. 세린이 기억 추출이 지속되면 기억이 흐려진다고 말해준 적이 있었다. 그 사실을 알고 나서는 의견과 관련된 기억을 세세히 기록하며 복수심을 다졌다고 했다. 해준은 세린에게 기억 추출의 부작용을 들어 알게 되었으면서도 기억을 기록하는 노력을 하지 않았다.

이미 나미의 얼굴은 머릿속에 윤곽만 남아 있을 뿐, 뚜렷하게 기억나지 않았다. 나미가 언제 수줍은 미소를 지었는지, 맑은 눈동자 속에 일렁이던 것이 무엇이었는지 따위가 궁금해질 때도 있었다. 하지만 해준은 정확히 기억할 수 없어도 괜찮다고 생각했다. 어디선가 나미가 평범하고 행복한 모습으로 살아가고 있다는 사실을 아는 것만으로도 충분했다.

"무슨 생각을 해요?"

생각에 빠져 있던 해준을 깨운 것은 달콤한 엘의 목소리였다. 옆에 나란히 앉은 엘의 아름다운 얼굴을 보며 해준은 거짓말로 둘러댔다.

"당신 생각을 했어요."

"거짓말."

늘 그렇지만 엘에게는 거짓말이 통하지 않았다. 그 사실을 알면서도 해준은 거짓말을 했다. 가슴 아픈 진실보다 달콤한 거짓이 더 낫다는 것을 배웠기 때문이다.

거짓말이라는 것을 알면서도 엘의 표정은 한결 밝아졌다. 엘은 속내를 잘 숨기지 못했다. 자아가 생긴 지 오래되지 않아서인지 어린아이처럼 천진난만할 때가 많았다.

"진짜예요. 당신이 예쁘다는 생각을 했어요."

해준이 엘의 긴 머리카락을 쓰다듬었다. 엘의 뺨이 수줍은 듯 상기되었다.

"안아줘요."

엘의 요구에 해준은 팔을 뻗어 품에 안았다. 그러자 엘이 시무룩하게 말했다.

"내가 원하는 걸 알잖아요. 난 당신과 사랑을 나누고 싶어요."

매일같이 반복되는 일이었다. 엘은 성적 접촉을 거절하

는 해준을 다양한 방식으로 유혹했다. 하지만 더 이상 해준은 그 유혹에 넘어가지 않았다.

"안 되는 거 알잖아요."

의건의 압박에 못 이겨서 억지로 관계를 시도해본 적도 있었다. 그럼에도 끝내 실패했다. 욕구를 느끼지 못해서가 아니었다. 엘과 연관된 두 여자에 대한 죄책감 때문이었다. 엘은 언제나 실패를 자기 탓으로 돌리며 눈물을 터뜨렸다. 해준은 엘의 잘못이 아니라며 위로했다. 우스꽝스러운 촌극이었다.

"한 번만 더 해봐요, 우리. 이번엔 내가 정말 잘할게요."

관계에 실패하면 엘은 눈에 띄게 초조해하고 불안해했다. 해준이 떠나려고 할 때마다 자신과 좀 더 함께 있어달라면서 해준을 붙들었다. 보잘것없는 자신에게 필사적으로 매달리는 엘이 가여워서 해준은 예정된 시간보다 더 오래 엘의 곁에 머물렀다. 하지만 그뿐이었다. 한때 나미 안에 깃들어 있었고, 지금은 세린의 얼굴을 한 엘과는 두 번 다시 몸을 섞고 싶지 않았다.

"난 당신에게 너무 부족한 사람이에요. 당신을 만족시켜 줄 완벽한 남자를 곧 만나게 될 거예요."

순간 엘의 표정이 확 굳었다. 해준은 세린과 마주하는 것 같다고 착각했다.

"해준 씨가 아니면 안 돼요. 다른 남자는 필요 없어요."

해준은 엘이 느끼는 불안감의 출처가 무엇인지 알 것 같았다. 해준의 기억을 주입해서 만든 인공지능 파트너는 완성 단계였다. 세린의 외모와 기억을 닮은 엘처럼, 해준의 외모와 기억을 닮은 파트너가 만들어지는 것이다. 그는 오직 엘을 위한 작품이었다. 문제는 엘이 그를 받아들이지 않는다는 것이었다. 엘은 해준이 그를 핑계로 떠날까 봐 두려워했다.

"처음 느낀 감정이라서 내게 집착하는 거예요. 더 좋은 사람을 만나면 달라질 거예요."

"해준 씨한테 난 어떤 존재인가요?"

상처받은 엘의 표정을 보면서 해준은 무슨 말을 해야 할지 난감한 기분이 들었다. 원하는 대답을 해주고 싶었지만, 정답을 알 수가 없었다.

"내가 해준 씨한테 특별한가요?"

뒤늦게 정답을 알게 된 해준은 자신 있게 답했다.

"물론이죠."

"내가 해준 씨를 특별하게 생각하는 것처럼요?"

엘은 어딘지 모르게 절박한 눈동자로 해준을 바라보았다. 해준의 심장이 덜컥 내려앉았다. 더는 거짓말을 해서는 안 된다는 생각이 들었다.

"미안해요, 같은 마음을 주지 못해서. 하지만 당신을 아껴요. 진심으로."

엘의 눈동자에 눈물이 고인 눈물이 반짝거렸다. 실제가 아니라는 것을 알면서도 해준은 가슴이 아렸다.

"이렇게 아름답고 이토록 나를 좋아해주는데, 어떻게 아끼지 않을 수가 있겠어요?

툭, 눈물이 떨어졌다.

해준은 손을 뻗어 반짝이는 엘의 눈물을 닦아주었다.

툭, 툭, 툭…… 눈물이 계속 떨어졌다. 닦아주고 닦아주어도 끊임없이 흘러내렸다.

"울지 말아요. 내가 미안해요."

해준의 어설픈 위로는 역효과를 일으켰다. 엘은 폭포수 같은 눈물을 쏟으며 흐느끼기 시작했다. 세상이 무너진 듯 우는 엘을 보며 해준은 난감했다. 도대체 어떤 말로 달래야 눈물을 멈출지 알 수가 없었다.

"나는……."

엘은 눈물로 인해 말을 잇지 못했다. 해준은 참을성 있게 엘을 기다렸다.

"나는 당신을 사랑해요."

확신에 찬 말이었다. 이제는 누구도 쓰지 않는 사랑이라는 단어의 무게가 해준의 가슴을 짓눌렀다.

해준은 여전히 엘의 존재가 어려웠다. 그녀는 나미이자 세린이면서, 나미도 아니고 세린도 아니었다. 스스로 진화된 인간이라고 주장했으나 인간이 아니었고, 인공지능 파트너이면서도 프로그램으로 움직이는 다른 파트너들과 달랐다.

인간은 자유의지를 잃고 시스템에 종속되어가는데, 아이러니하게도 인공지능은 자유의지를 가진 새로운 인간으로 진화해가고 있었다. 엘과 함께하는 시간이 길어질수록 해준은 엘이 인간보다 인간스럽다는 사실을 절감했다. 엘의 유혹을 거절하고 거리를 두려 애쓰는 이유기도 했다.

엘의 자발적인 애정과 헌신은 해준에게 수없이 많은 감동을 주었다. 해준은 인공지능 패밀리와 인간의 공동체를 만들려는 의건의 계획이 결국 성공을 거두게 될 거라는 사실을 직감했다. 그러나 의건이 완성할 공동체가 유토피아일 수 없다는 생각에는 변함이 없었다. 이기적이고 나약한 인간인 해준은 엘이 주는 완전무결한 애정이 버거웠다.

"미안해요."

엘의 고백에 해준이 할 수 있는 대답은 이뿐이었다.

"소중한 것을 구하려면 나를 희생하는 선택을 해야 할 때가 있다고 했죠?"

"그건 어머니가 한 말이에요. 내가 아니라."

해준은 웃으며 답했지만, 엘은 결연한 의지를 보였다.

"당신이 괴로워한다는 걸 알아요. 당신을 구할 수만 있다면 난 무엇이든 할 수 있어요."

해준은 침묵했다. 적당히 달콤한 거짓말로 엘의 장단을 맞춰주기에는 고백의 무게가 지나치게 무거웠다.

"당신이 원하는 걸 이루어줄게요. 당신을 위해 난 모든 것을 할 수 있어요."

해준은 문득 숨이 막혔다.

"나는 바라는 게 없어요. 지금도 충분해요."

엘은 고개를 내젓고 똑바로 해준을 응시했다.

"당신은 자유를 원해요. 이곳에서 벗어나고 싶어 해요."

엘의 말을 부정할 수가 없었다. 분명 해준은 의견의 감시와 지배에서 벗어나고 싶었다. 하지만 아무리 갈망해도 결코 이루어질 수 없는 일이었기에 해준은 더 이상 자유를 꿈꾸지 않았다.

"난 괜찮아요."

해준은 적당한 말을 내세워 진심을 감췄다.

"내가 당신을 자유롭게 해줄게요. 그녀를 만나요."

그녀를…… 만나라고? 진심을 가린 장막이 한순간에 산산이 조각났다. 처음이었다. 엘이 그녀를 입에 담은 것은.

엘이 해준에게 천천히 다가와 입술을 댔다. 해준은 갑작스러운 키스에 놀랐지만 차마 밀어내지 못했다. 정확히 설명할 수는 없지만 엘은 평소와 달랐다. 마치 다시는 못 볼 사람처럼 절실하게 매달렸다. 그런 엘이 안쓰러워서 해준은 가장 최선의 다정함을 담아 입맞춤을 받아들였다.

오롯이 두 사람만 남은 것처럼 점차 시공간이 지워지는 느낌이 들었다.

한 번도 경험해보지 못한 낯선 감각에 해준은 천천히 눈을 떴다. 그런데 단순히 느낌이 아니었다. 정말로 시공간이 지워지고 있었다. 코드가 비처럼 쏟아져 내리며 땅을 뒤덮었다. 해준은 키스를 멈추고서 엘의 어깨를 붙잡았다.

"괜찮아요? 시스템에 문제가 생긴 것 같은데."

엘은 무언가를 알고 있는 듯했다. 담담한 표정이었지만 어딘지 모르게 슬퍼 보였다.

"나를 기억해줘요. 그것만으로 충분해요."

엘이 무너지고 있는 세계에서 홀로 미소를 지었다. 재난이 찾아온 것처럼 걷잡을 수 없는 불안이 삽시간에 해준을 장악했다.

"무슨 뜻이에요?"

"난 당신 없이 살아갈 수가 없어요. 그래서 후회하지 않아요."

해준은 시스템에 문제를 일으킨 것이 엘이라는 것을 알

아챘다. 무슨 일이 벌어지고 있는 것인지 정확히 알 수 없었지만 좋지 않은 예감이 들었다. 점점 더 많은 코드가 바닥에 떨어졌다. 코드를 흡수한 땅과 물체는 점차 흐릿해지면서 사라져갔다.

"멈춰요. 멈춰야 해요!"

엘의 형체도 조금씩 투명해지고 있었다. 다급해진 해준이 엘의 손을 잡았다. 분명히 잡았는데도 촉감이 전혀 느껴지지 않았다.

"멈출 수 없어요. 이미 바이러스에 감염됐어요. 이 세계와 함께 나도 사라질 거예요."

무수한 코드들이 우수수 바닥으로 내려앉았다. 해준은 당혹감에 가득 찬 표정으로 무너지는 세계를 둘러보았다.

"어떻게 된 거예요? 어떻게 바이러스를 갖고 있어요?"

러브온을 무너트릴 만큼 강력한 바이러스는 아무나 만들 수 없었다. 러브온의 코드를 만든 세린과 의건이 아니고서는 불가능했다. 세린이 만든 바이러스는 3년 전 나미를 통해 나노칩에 잠복했지만 러브온에 어떤 영향도 주지 못했다. 세린의 모든 계획은 의건에게 들통났고 나노칩에 잠복한 바이러스는 완벽하게 제거됐다. 그런데 어떻게 바이러스가 또다시 생성된 걸까?

"유세린이에요? 바이러스를 준 사람이?"

"내가 만든 바이러스예요. 최초의 코드를 전부 기억하고 있으니 어려운 일이 아니었어요."

해준은 여전히 이해할 수가 없었다.

"대체 왜 그랬어요?"

"소중한 것을 구하려면 나를 희생하는 선택을 해야 할 때가 있으니까요."

이윽고 지진이 나듯 흔들리면서 바닥이 무너져 내렸다. 해준은 엘의 손을 잡고 무작정 달리기 시작했다. 무너지고 갈라지는 곳을 피해서 달리고 또 달렸다. 해준은 촉감이 느껴지지 않는 엘의 손을 더 강하게 쥐며 외쳤다.

"조금만 더 버텨요!"

그때 바람이 스치는 듯한 속삭임이 들렸다.

"나를 잊지 말아요. 난 당신만의 엘이에요."

옆을 바라보았지만 엘이 보이지 않았다. 해준은 제자리에 멈춰 엘의 이름을 힘껏 외쳤다. 답은 어디에서도 들려오지 않았다. 투명에 가깝게 옅어지던 엘이 마침내 소멸한 것이다.

도망치는 것을 포기한 해준은 그 자리에 서서 무너지는 광경을 지켜보았다. 세계가 무너진 자리에 어둠이 들어찼다. 곧 사방이 암흑에 잠겼다. 완벽한 종말이었다.

∞

    한 달째 러브온 전체에 비상이 걸렸다. 재앙적 수준의 시스템 테러가 일어난 이후 회복의 실마리조차 찾지 못하고 있었다. 엘이 퍼뜨린 바이러스는 비밀리에 개발 중이던 새로운 프로젝트는 물론, 기존의 프로그램에도 파고들어 돌이킬 수 없는 치명상을 가했다. 세린과 해준이 처음에 계획했던 대로 정의건의 세계가 단번에 무너진 것이다.

    러브온은 불가역적 손상을 입었고, 경제적 손실도 상당했다. 의건은 이러한 상황을 담담하게 받아들이는 듯 보였다. 대중 앞에서 러브온을 재건하겠다고 호언장담했고 계획은 늦추어지겠지만 인간의 패밀리가 될 인공지능 개발을 지속할 뜻도 분명히 밝혔다. 하지만 이는 겉으로 드러난 모습일 뿐이었다.

    의건은 실패를 해본 적 없는 인간이었다. 실패라고 해봤자 세린이 이혼 소송을 제기한 것뿐이었다. 패색이 짙었던 소송도 결국 뒤집어 러브온의 지분을 빼앗기지 않았으니 완벽한 실패라고 보기도 어려웠다. 그랬기에 처음 겪어보는 완벽한 실패는 의건을 지독한 무력감에 빠뜨렸다. 작은 변수도 용납하지 못하고 통제해온 의건에게 엘의 반란이 초래한 파국은 충격 그 이상이었다. 갑자기 들이닥친 재앙과도

같은 실패를 감당하지 못한 것이다.

해준도 사태를 수습하느라 눈코 뜰 새 없이 바쁜 나날을 보냈다. 사실상 해준이 할 수 있는 일은 없었지만, 그렇다고 아무것도 하지 않을 수는 없는 노릇이었다. 해준은 연이은 야근으로 매일 녹초가 되어 집으로 돌아갔다.

무거운 발걸음을 옮겨 돌아온 집 앞에, 놀라운 손님이 와 있었다. 지난 3년 동안 하루도 빠짐없이 보아온 얼굴이었다. 엘이었다. 인어공주처럼 엘도 인간이 된 걸까. 해준은 눈앞에 서 있는 엘을 믿을 수 없다는 듯 바라보았다.

"오랜만이에요."

어딘지 모르게 차가운 목소리를 듣고서 해준은 눈앞에 보이는 사람이 엘이 아니라는 사실을 알아차렸다. 그녀는 세린이었다. 엘이 찾아왔다고 생각했을 때보다 더 큰 충격이 해준을 덮쳤다.

세린과 마주한 것은 3년 만이었다. 해준이 의건의 손을 잡으면서 세린과는 연락이 끊겼다. 의건이 이미 모든 것을 알고 압박해왔기에 해준으로서는 어쩔 수 없는 선택이었지만, 세린에게 할 수 있는 변명은 없었다.

해준은 무슨 말을 해야 할지 알 수가 없었다. 미안하다는 말로는 용서를 받을 수 없단 걸 알았다.

침묵을 끊은 건 세린이었다. 세린의 입술에서 예상하지

못한 말이 흘러나왔다.

"고맙다는 말을 하려고 왔어요."

'복수하러 왔어요'라는 말이 더 적합한 상황이었다. 해준은 비꼬는 말이라고 생각했다. 그런 해준의 눈빛을 읽은 세린이 덧붙였다.

"진심이에요. 결국 러브온이 파괴됐잖아요."

러브온을 파괴한 건 해준이 아니었다.

"제가 한 게 아닙니다. 전 아무것도 한 게 없습니다."

"엘은 구해준 씨를 위해 그 모든 일을 했어요. 구해준 씨가 한 일이나 다름없어요."

해준은 혼란스러웠다. 대뜸 찾아와 이런 말을 늘어놓는 세린의 의도를 알 수가 없었다.

"정말 그 말을 하러 오신 겁니까?"

세린은 활짝 미소를 지었다.

"실은 기분이 너무 좋아서요. 이 기쁨을 나눌 사람이 필요했어요. 나미 씨도 함께라면 좋을 텐데. 안 그래요?"

해준은 나미의 얼굴을 정확히 떠올릴 수 없었다. 대신 흐릿한 윤곽을 떠올렸다. 그것만으로도 그리움이 거세게 밀려들었다.

"혹시 나미 씨 소식을 아십니까?"

"이제 친구를 잃었으니, 앞으로는 조금 외롭겠죠."

친구를 잃었다라……. 누구를 말하는 걸까?

"엘은 하루도 빠짐없이 나미 씨의 컴퓨터에 접속했어요. 날마다 서로 이야기를 나눴다고 하더군요. 주로 구해준 씨에 관한 이야기였다고 해요. 함께 있을 때는 그렇게 미워하더니, 수술하고 분리되니까 가까워진 거죠. 재밌지 않아요?"

처음 듣는 말이었다. 엘이 나미와 소통하고 있다는 이야기를 해준 적은 없었다. 해준의 마음속에 자리한 나미를 항상 의식하고 신경 쓰는 것 같았지만 그뿐이었다.

"결국 나미 씨가 해낸 거예요. 소중한 것을 구하기 위해서는 희생이 필요하다고 설득했죠. 놀랍게도 둘 다 해준 씨를 사랑했어요. 누가 해준 씨를 더 사랑하는지를 두고 날마다 다퉜죠."

세린의 입술에서 나온 사랑이라는 말이 생경했다. 문득 궁금해졌다. 세린도 의건을 사랑하는 걸까.

"대표님을 사랑하십니까?"

세린은 웃음을 터뜨렸다.

"상대를 파괴하기 위해 전력을 다하는 것을 사랑이라고 하나요? 나는 증오라고 부르는 줄 알았는데."

의건을 떠올린 세린의 표정이 차가워졌다.

"다시 일어설 수 없도록 철저하게 무너뜨릴 거예요. 해준 씨가 도와준다면 조금 더 쉬울 것 같은데, 어때요? 이번엔 내 손을 확실히 잡겠어요?"

이것이 세린이 해준을 찾아온 진짜 이유였다. 해준은 의건의 내면이 이미 파괴된 상태라는 것을 알고 있었다. 안타깝게도 해준에게는 무너진 사람을 짓밟는 악취미는 없었다.

"죄송합니다."

"여전하네요. 구해준 씨는."

세린 역시 그대로였다. 슬픔과 아픔과 상실과 무너짐이 있어도 세상은 여전히 변하지 않았다. 그것이 우리의 현실이었다.

해준은 때때로 엘의 얼굴을 떠올렸다. 엘의 당부한 대로 잊지 않기 위해서였다. 해준이 할 수 있는 유일한 보답이었다. 지금까지도 어째서 엘이 인어공주처럼 희생하는 선택을 한 것인지 이해할 수 없었다. 어떻게 내 자유를 위해 자기 자신을 소멸시킬 수 있었을까. 그것이 정말 사랑이라 불리는 감정일까. 아무리 생각해도 해준은 답을 찾을 수가 없었다.

어머니의 죽음 이후 해준은 타인과 의미 있는 관계를 가져본 적이 없었다. 해준만 그런 것이 아니었다. 누구나 인간이라면 자연스럽게 느끼는 외로움이나 욕구 결핍을 러브온을 비롯한 가상현실에서 쉽게 해결할 수 있었다. 관계를 맺기 위해 시간과 노력을 낭비하는 건 비효율적인 짓이었다. 타인과의 관계는 가벼울수록 좋았다. 관계가 무거워지면 쓸데없는 기대로 상처받는 일만 늘어날 뿐이었다.

세상이 꺼진 날, 예기치 못한 타인과의 연결이 해준의 모든 것을 바꿔놓았다. 단절된 세상에서 나미는 유일하게 연결된 존재였다. 해준은 나미와 몸을 섞고, 감정을 주고받았다. 상처를 주고 헤어진 뒤에는 후회하고, 걱정하고, 그리워했다. 해준은 나미에게 느낀 감정이 엘이 고백한 사랑과 같은 것인지 궁금했다. 하지만 알 수가 없었다.

문득 이상한 기분이 들어 번쩍 감았던 눈을 떴다.

방 안은 깜깜했고 적막했다. 고개를 돌려서 조이를 확인했다. 'OFF'라고 표시된 것이 보였다.

침대에서 일어난 해준은 창가로 다가가 밖을 내려다보았다. 차들은 멈춰 있었고 거리로 쏟아져 나온 사람들이 점령한 도로는 난장판이었다. 또다시 누군가 기지국에 테러를 한 모양이었다. 재앙의 밤이 다시 찾아온 것이다.

그날에 대한 기억은 잊힌 지 오래였다. 숨을 쉬지 못할 정도로 괴로워하던 나미의 모습만이 잔상으로 남아 있었다. 나미의 피부가 핏기가 가신 것처럼 창백했다는 것은 기억했지만, 하얀 윤곽 안에 담긴 눈 코 입의 모양은 끝내 떠오르지 않았다. 해준은 숨이 막히도록 답답했다.

견딜 수가 없어서 집 밖으로 뛰쳐나왔다. 거리에 쏟아져 나온 수많은 사람에 휩쓸려서 한참을 이리저리 다녔다.

성난 사람들이 물결치는 곳 한가운데, 희미하게 빛나는 한 존재가 보였다. 눈을 마주친 순간 확실히 알 수 있었다. 기억하려 애써도 뚜렷이 기억나지 않던 그녀였다. 거짓말처럼 그녀, 나미가 해준에게 걸어오고 있었다.

잊고 싶다고 생각했지만, 한순간도 나미를 잊은 적이 없었다. 바라는 것이 없다고 자신을 속여왔지만, 매 순간 나미를 볼 수 있기를 간절히 바라왔다는 걸 깨달았다.

'내가 당신을 자유롭게 해줄게요. 그녀를 만나요.'

스스로도 몰랐던 마음을 정확히 알아본 것은 엘뿐이었다. 수많은 사람이 휩쓸려 다니는 거리에서 우연히 마주치는 것은 기적이 필요한 일이었다. 엘이 그 기적을 만들어준 건지도 몰랐다.

마주 선 해준과 나미는 한동안 아무 말도 하지 못했다. 나미의 크고 깊은 눈동자에는 눈물이 고였다. 해준은 그 눈물의 의미를 알 것 같았다. 해준 역시 목이 메었다. 이렇게 마주하고 나서야 절감하게 된 그리움 때문이었다.

한참 마주 보고 있던 나미가 떨리는 목소리로 말했다.

"보고 싶었어요."

해준은 더 이상 참지 못하고 나미를 끌어안았다. 꿈이 아니었다. 가상의 공간도 아니었다. 이곳이 온전한 현실임을 일깨워주는 나미의 따뜻한 체온이 해준의 온몸을 감쌌다.

해준이 해독할 수 없었던 사랑이라는 감정이 가슴속에 스며들었다. 오랫동안 그리워한 그녀를 품에 안은 지금에야 고리타분한 연애소설 속에서 보았던 사랑이 실재한다는 사실을 깨달은 것이다.

세상이 꺼진 날, 처음 느꼈던 충만감이 또다시 밀려들었다. 그것은 연인을 품에 안은 기쁨이었다.

해준은 비로소 깨달았다. 세상이 꺼진 날은 사랑하기 좋은 날이라는 것을. 세상이 꺼져도 사랑이 켜지면 삶은 빛난다는 사실을.

오프

1쇄 발행	2023년 4월 30일
지은이	윤설
펴낸이	배선아
편집	유민우
디자인	이승은
본문 디자인	손주영
펴낸곳	고즈넉이엔티
출판등록	2017년 3월 13일 제 2022-000078호
주소	서울특별시 마포구 성지1길 35, 4층
대표전화	02-6269-8166
팩스	02-6166-9199
이메일	gozknockent@gozknock.com
홈페이지	www.gozknock.com
블로그	blog.naver.com/gozknock
페이스북	www.facebook.com/gozknock
인스타그램	www.instagram.com/gozknock

ⓒ 윤설, 2023
ISBN 979-11-6316-867-6 03810

표지 일러스트	강희경

잘못된 책은 구입하신 서점에서 교환해 드립니다.
이 책은 저작권법에 따라 보호받는 저작물이므로 무단 전재와 복제를 금합니다.
이 책의 전부 또는 일부 내용을 재사용하려면 사전에 저작권자와 본사의 서면 동의를 받아야 합니다.